샤이

SHY by Max Porter

Copyright © Max Porter, 2023
All rights reserved

This Korean edition was published by Dasan Books Co., Ltd. in 2025
by arrangement with Max Porter c/o Aitken Alexander Associates through
KCC(Korea Copyright Center Inc.), Seoul.

이 책은 ㈜한국저작권센터(KCC)를 통한 저작권자와의 독점 계약으로
다산북스에서 출간되었습니다. 저작권법에 의해 한국 내에서 보호를 받는
저작물이므로 무단 전재와 복제를 금합니다.

맥스 포터 소설　MAX PORTER
민승남 옮김

샤이

SHY

다산
책방

일러두기
- 다양한 서체와 배열로 구성된 본문은 저자가 주인공의 내면을 시각화하고 인물들의 목소리를 구분하기 위해 의도한 장치다.
- 주석은 모두 옮긴이주다.

리사 베이커를 위하여

차례

샤이 009

옮긴이의 글 161
추천의 글 165

일어나서 가보자, 샤이.

배낭은 끔찍하게 무겁다.

마룻바닥이 투덜댄다.

그는 다시 점검한다. 마리화나는 빈 엠버시 담뱃갑에 비스듬히 꼭 끼워져 있다.

낮에 점검한 기억이 꿈결처럼 아스라하다.

방은 녹아내린 듯 부드럽다. 유혹적이다.

조마조마하다.

배낭은 끔찍하게 무겁다.

새벽 3시 13분.

배낭에 돌이 잔뜩 들었으니, 무거운 게 당연하다.

부싯돌은 보통 6억 년쯤 되었지, 스티브가 말했다.

끊어지기 직전. 삐걱대는 배낭끈.

워크맨 준비.

팬더모니엄 안드로메다 투어,◆ 플리머스 1994년,
테이프 1. 랜들과 케니 켄이 번갈아 디제잉.

지금 네가 느끼는 걸 표현해.

정글.●

최고봉.

아멘.▸

전능한 비트.

삶의 한 방식.

크고 뜨겁고 묵직한.

- ◆ 팬더모니엄은 1990년대 초중반 영국에서 활약한 하드코어/정글 레이브 파티 브랜드이며, 안드로메다 투어는 그 브랜드가 주최한 테마 투어.
- ● 1990년대 영국 레이브 신에서 발전한 하드코어 브레이크비트 전자음악 장르.
- ▸ 정글의 기본 리듬소스로 쓰이는 드럼 브레이크.

6억 년이라. 우리는 고작 100년 살면서 끈질긴 생명력을
지녔다고 생각하지. 그의 머리로는 도저히 감당할 수 없는
세월이다.

어마어마해서.

속이 울렁거린다.

시간.

약간 똥 마려운 기분.

그는 어두운 방을 나온다. 샤이가 빠진 샤이의 방.
대들보에 새겨진 *이브 1965*. 대들보에 새겨진 기우뚱한
하트. 대들보에 새겨진 *1891*. 대들보에 최근에 대충 새긴
샤이 95. S가 삐쭉삐쭉해서 Z처럼 보인다. 그것조차
제대로 못 한다.

      여기 미래가 있어, 샤이. 너의 미래.

그는 복도에서 삐걱거리는 소리를 내지 않으려고 카펫
한가운데로만 걷는다.
제이미는 밤새 잠을 안 자지만 헤드폰을 끼고 있을

것이다. 스티브, 어맨다, 오언은 아래층에. 베니, 금수저 캘, 폴, 라일리, 애시.

배낭은 끔찍하게 무겁다.

얍삽한 병신 새끼.

어깨가 빠질 것 같다.

한 걸음 또 한 걸음.

천천히.

아까 먹은 칠리 콘 카르네 냄새.

겨드랑이 음식 카펫 방귀 냄새.

네 엄마.

텍스멕스◆와 오래된 눅눅한 돌.

◆ 텍사스의 멕시코 음식.

그는 계단 아래에 멈춰 서서 엄지손가락을 깨문다.
휘리리릭탁-휘리리릭탁, 전기계량기 돌아가는 소리가
천천히 되감기는 브레이크비트처럼 들린다.

시간 사이에 끼어 있다. 시간의 주름에. 도망치는 중이다.

꼬마 샤이가 13시●에, 마지막 남은 마리화나와 제일
좋아하는 테이프를 들고 나선다. 계단을 내려가 정원으로
걸어 들어가는 소년.『한밤중 톰의 정원에서』. 지금 이
기분이 바로 그거다, 존나 똑같다. 그 책은 몇 년 동안
생각해 본 적도 없는데.

> '이 학생은 샤이. 대개 여기 구석에 앉아,
> 헤드폰을 낀 채 혼자 중얼거리고 있죠.
> 본인은 촬영하지 말라고 했지만,
> 그래도 인사는 해줄래, 샤이?'

배낭끈이 끊어지면 게임 끝, 백 개쯤 되는 부싯돌이 계단
아래 돌바닥에 와르르 쏟아질 테니까. 문화재로 지정된
계단, 마룻바닥, 역사, 열받은 선생들.
그가 평생 들고 다닌 거지 같은 리복 배낭.

● 13시는 필리퍼 피어스의 판타지 동화『한밤중 톰의 정원에서』에
 등장하는 시간으로 실제로는 없는 시간을 의미함.

링스 아프리카.◆

심장이 겁먹은 것처럼 쿵쿵쿵 뛴다.

관객도 없는 병신 같은 드라마. 오만가지 잡생각이 오버랩된 내레이션.

우린 오늘 멋진 진전을 이뤄냈어, 샤이. 정말 기쁘구나.

그는 스프레이 페인트도 뿌리고, 마약도 흡입하고, 마리화나도 피우고, 욕하고, 훔치고, 베고, 주먹질하고, 달리고, 뛰어오르고, 에스코트 차도 박살 내고, 가게도 때려 부수고, 집을 엉망으로 만들고, 코를 부러뜨리고, 새아버지 손가락을 찌르기도 했지만, 몰래 도망치는 건 오랜만이다. 스트레스가 심하다.

'특수 교육 치료가 필요한 정신적으로 불안정한 청소년들인가, 아니면 세금으로 운영되는 시골 별장에 쉬러 온 비행 청소년들인가?'

◆ 디오더런트 브랜드 이름.

그는 이제 온실에 도착했고, 카펫 위로 조용히 아홉 걸음을 옮겨 끔찍한 꽃무늬 커튼 뒤 높은 창문까지 간다. 내년이면 어떤 금수저네 부엌이 되겠지. 오래된 창문은 열리지 않는다. 비교적 최근인 60년대에 개조된 창은 조용하고 부드럽게 열린다. 그는 곰팡내 나는 집에서 빠져나와 후드를 쓴다.

[카메라가 잔디밭을 가로질러 이동한다.]
'공을 차며 노는 평범한 십 대들일까, 아니면 이 나라에서 가장 심각한 정신적 장애와 폭력성을 지닌 소년범들일까? 여기, 대안학교 라스트 찬스Last Chance 에서는 그들이 둘 다에 해당할 수 있다는 말을 반복해서 듣게 된다.'

사람들의 시야에서 더 빨리 벗어나기 위해 달릴 수도 있지만, 그러면 돌이 시끄러운 소리를 낼 것 같아 살금살금 걷는다. 그는 집을 돌아보며 그 안에 있는 사람들을 떠올린다. 포근한 이불 속. 오언, 야간 근무자들, 그리고 아이들. 알람이 울릴 때까지 깊이 잠들어, 방귀 뀌고, 숨 쉬고, 스트레스가 되거나 폭력적이거나 달콤하고 한가한 꿈을 꾸고 있겠지. 여기서는 다들 잠을 엄청 깊이 잔다고 늘 말한다. 새로 온 애들은 꿈자리가 뒤숭숭하다는 말을 하고, 그러면 유령 이야기(네가 자는 동안 너의 숨을 마시는 내시 부인, 잠옷 차림으로 뒷계단을 오르내리며 오줌을 질질 싸는 깡마른 노인)가 돌기 시작한다. 실화도 등장하는데, 꼭대기 층 자물쇠 걸린 방에서 하인을 살해한 헨리 래드클리프 경의 이야기로, 그래서 처음 이 집에 들어오는 사람은 한밤중에 단 한 번의 비명을 듣게 되며 그건 이 집의 무시무시한 과거가 보내는 환영 인사라는 것이다. 다들 그 비명을 들었고, 못 들은 사람도 들은 척한다.

너처럼 똑똑한 애가 정말 스스로 인생을 망치려고 그러는 거야, 응?

밤은 거대하고, 아프다.

갑자기 공격적인 꼬마가 됐구나, 안 그래?
우울증인 줄 알았는데.

그는 등을 돌리고 푸른 어둠 속으로 걸어 들어간다. 움직이는 그림자.

작년, 아직 집에 살던 때, 아직 일반 학교에 다니던 때, 그는 점심시간에 베키 집에 가서 미끌미끌하고 두껍고 냄새나는 콘돔을 끼우려 낑낑대고 있었다, 만두처럼 늘어진 쓸모없는 좆대가리는 감각이 없었다, 다정한 베키는 도와주려 애쓰며 부드럽게 어루만지고, 이리저리 눕혔다가 쥐어짜기도 하고, 어색하게 입으로 빨아보기도 했다, 안쓰러운 미소, 베키는 그의 물건이 다치기라도 한 것처럼 바라보았다, 불쌍하고 슬픈 고추, 그게 오히려 역효과를 불러왔다, 그래서 그는 옷을 입었고, 아무 말도 하지 않았고, 친절하게 굴지도 않았고, 얼굴이 시뻘게져서 셔츠를 바지 속에 제대로 넣지도 않은 채 뛰쳐나갔다, 베키는 그에게 가지 말라고, 진정하라고, 마리화나 피우자고, 긴장 풀고 신경 끄라고 말했지만, 그는 창피해서 눈물을 흘리며 우당탕탕 아래층으로 뛰어 내려가 수치심에 차서 베키의 집을 나와 학교로 달려 돌아가며 생각했다, 인생이 이렇게까지 스트레스고, 이렇게까지 힘든 거라면, 너무하다고, 씨발 진짜 너무하다고, 세상이 전부 귀찮고 성가시다고, 다정한 베키, 수치심이 분노로 바뀌었다, 마지막 실수에 매인 느낌, 모두가 다음 실수만 기다리는 것 같고, 깔끔하고 잘 정돈된 방에서 그의 말에 귀 기울여 주는 좋은 사람 앞에 앉아 그들이 듣고 싶어 하는 말을 생각해 볼 시간 같은 건 절대 주어지지 않을 거고, 가끔 괜찮은 구간이 있긴 하겠지, 시간이라는 엄격한 통로에 앉아, 그저 괜찮은 상태로 있기도 하고, 빈둥거리기도 하고, 가끔 즐기다가 다시 구멍 속으로 들어가, 상처투성이가 되고, 그러다 피할 수 없는 망한 기분, 원점을 향해 다시 기울어, 애초에 그렇게 판이 짜인 것처럼, 쪼그라드는 그의 작은 베이지색 자지를 바라보는 베키의 슬픈 얼굴, 두더지처럼 주름진 포피, 배신자 같으니, 잔뜩 발기해서 곤두서더니, 그토록 다정하게 애무하고, 그녀를 핥는 걸 배우고, 많은 실수들, 끈적거리는 팬티와 갈라진 입술, 아, 그는 웅크리고 울고 싶다, 레크리에이션 센터에서의 무수한 손장난, *우리 준비될 때까지 기다리자*는 말, 전형적인 실망, 그는 항상 모든 걸 미리 상상한 다음 정확히 그대로 되지 않으면 상처받는다, 그리고 지금은 2교시 연속 화학 수업, 하필이면 화학, 기분 더럽게 만드는 과목, 실험실 냄새. 짜증 나는 프린 선생, 그는 돌아가고 싶다, 되감기를 해서, 허풍, 흥분, 전율로 돌아가고 싶다, 학교가 그를 조롱한다, 끝도 없이 이어지는 계단, 긴 복도, 종소리를 못 들어서 지각, 그는 아직 총각 딱지를 못 뗐다, 과학동으로 달려가, 화학 실험실 바닥에 가방을 내던지고 노디에게 쓸데없는 말을 지껄이기 시작했다, 그러자 프린 선생이 *네 태도가 마음에 안 드는구나*, 했고 그는 그녀에게 나도 선생님 얼굴 마음에 안 든다고 맞

받았고 프린 선생은 당장 나가서 교장실로 가라고 했고 그는 씨발 웃기고 있네, 라고 말한 뒤 나가면서 팔을 들어 화학 실험 키트—유리 플라스크, 산이 담긴 병, 금속 클램프, 분젠 버너까지—하나, 둘, 셋, 넷, 다섯 개를 전부 떨어뜨렸다, 남은 건 실험복 입은 친구들의 헉 소리와 키득거림, 그는 그대로 학교를 나왔고 운동장을 가로질러 건널 때 담배에 불을 붙이며 아마 오늘로 학교는 끝일 거라고 생각했다, 이제 저녁 내내 엄마가 콧물을 훌쩍이며 똑같은 질문을 반복하겠지, *근데 왜, 도대체 무슨 생각으로 그랬어? 내 말 듣고 있니? 너 도대체 무슨 일이야? 나한테 왜 이러는 거니? 나한테 말 좀 해, 우리한테*, 그리고 문간에 기대어 그를 심판하듯 바라보는 새아버지, 존나 잘난 척하는 왕재수 새끼, 그래서 그는 질과 마이클의 집으로 향했다, 그들은 그를 위해 현관 매트 밑에 열쇠를 두었고, 너무 힘들 때 언제든 와서 그들의 멋진 주방에 앉아 기분을 풀어도 된다고 했다, 엄마와 새아버지의 친구들, 자식 없는 부부, 어쩌면 질은 그의 대모인지도 모른다, 기억은 안 나지만, 그는 문을 열고 들어가 주방에서 이리저리 돌아다니며 혼잣말을 중얼거리고, 커스터드 크림 비스킷을 잔뜩 먹고, 그들의 물건들을 본다, 질과 마이클이 파리에서 찍은 사진, 코르푸섬에서 찍은 사진, *와인 마실 확률 99%*라는 문구가 쓰여 있는 포스터 액자, 정원 새들이 그려져 있는 달력, 그는 술 장식장 문을 열고 고든스 진을 꺼내 꿀꺽꿀꺽 마시고, 파티오에서 담배를 피우며 서성이고, 판타지아에서 구한 필로폰이 아직 남아 있었으면 좋겠다고 생각하다가 보드카를 한 잔 마신 다음 냉장고에서 크로넨버그 맥주도 찾아서 한 캔 벌컥벌컥 들이켜고, 다시 보드카를 좀 마시고, 온실 소파에 누워 있다가, 또 맥주 한 캔 마시고 담배를 피운다, 그러다 현관문 열리는 소리가 들리자 부엌문을 쾅 닫고는 어떻게 할지 고민한다, 질의 겁에 질린 앗 소리가 조그맣게 들린다, 그는 의자를 집어 들고 고급 와인 잔이 잔뜩 들어 있는 유리 장식장을 내리쳐 박살 낸다, 질의 비명, 현관문이 요란하게 닫히는 소리, 그는 사진들을 향해 주먹을 날린다, 액자 유리가 깨진다, 에이브버리에서 돌을 끌어안고 있는 질과 마이클, 발코니에 있는 햇볕에 그을린 젊은 질, 마치 축제마당 두더지 잡기 게임이라도 하듯 벽에 걸린 그림들을 빠르고 세게 때린다, 손마디에서 피가 흐르고, 작은 유리 조각이 박혀 깊은 상처가 난다, 와인 포스터 액자를 박살 내고, 전자레인지 코드를 뽑아 바닥에 내던지고, 보드카 병으로 벽을 쳐서 깨뜨리고, 의자로 온실 문을 후려치지만 강화 유리라 의자 다리만 하나 부러진다, 그는 한차례 비명을 내지른다, 찢어지는 요란한 비명, 부러진 의자를 떨어뜨리고, 소파에 앉아 울기 시작한다,

딸꾹질, 씨발, 크악, 좆같이, 그러다 기분이 조금 풀리고, 사이렌 소리가 들릴 무렵엔 마음이 진정되면서 좀 미안한 생각이 든다.

그는 잔디밭 끝자락에서 멈춰 선다. 지난 학기에 제이미가 닉 풀쇼의 머리를 걷어찼던 자리, 경찰은 왜 아무도 피 흘리며 쓰러져 있는 그를 보지 못했냐고 계속해서 물었고, 모두가 똑같은 대답을 되풀이했다. *그건 하하*◆ *때문이에요.*

샤이의 엄마가 전화를 걸어와 우리는 네가 걱정된다고, 조심해야 한다고, 넌 담배를 너무 많이 피운다고, 어쩌면 그래서 키가 안 크는 걸 수도 있다고, 하루 종일 실내에 틀어박혀 드럼 앤 베이스●만 듣는 건 건강에 좋을 수가 없다고 말했고, 샤이는 엄마에게 나는 엄마보다 드럼 앤 베이스가 훨씬 더 좋다고 대답한 다음 전화를 끊었다.

그 기억은 다른 엿 같은 일들 속에 묻혀 있다.

그는 엄마에게 다시 전화를 걸었다.

즐거운 대화였어, 존나 징징대는 늙은 년아. 다음부턴

◆ 풍경을 가리지 않고 울타리 역할을 할 수 있도록 공원이나 정원 가장자리를 도랑처럼 파서 만든 숨은 장벽.
● 90년대 영국에서 비롯된 빠른 드럼 브레이크비트와 베이스라인을 위주로 한 전자음악으로 레게 기반의 정글 음악에서 발전함.

전화하지 마. 나 그냥 내버려둬. 이언한테도 신경 끄라고 전해.

그는 다시 전화를 끊었고, 수화기엔 엄마의 흐느낌 소리가 남았다.

그는 고개를 돌려 집을 바라본다. 색이 다 빠져 흐릿한 낡은 사진처럼 보이는 집. 창문 너머로 창백한 얼굴이 나타날지도 모른다는 희미한 기대.

속 시원하다, 얘들아.

잘 있어라, 유령들아.

붐-츠-붐-츠

붐-츠-붐-츠

그의 침 섞인 입속 비트박스,

박자 맞춰 걷는다,

어둠 속 걸음, 걸음 고개 끄덕이며 걷는다,

하나, 둘, 쿵, 탁,

입천장 스네어 드럼,

목구멍 킥 드럼,   라스트 찬스에서 몰래 빠져나오고
있다.

[어맨다, 상주 주임 교직원, 사회복지 분야에서
경력을 쌓았으며 이 진보적인 교육 환경에서 도전을 즐긴다.]
'무대를 상상해 보세요. 박봉을 받고 일하는
무대진행요원 몇 명과, 아주 불안하고 예측 불가능한
배우들로 구성된 극단. 매우 복잡한 사연을 지닌
젊은 남자배우들. 개중엔 정말 비극적인 사연도 있죠.
하룻밤 무사히 넘기는 것도 그야말로 우주적 기적이죠.
굉장한 요행이고요. 그러니까, 네, 이 낡은 건물이
최고 입찰자에게 팔릴 수도 있겠죠.
하지만 그렇다고 우리가 여기서 해온 일들이
물거품이 되진 않을 거예요.'

그들은 이야기를 많이 나눈다. 과거 그 어느 때보다도 많이. 가끔은 선생님들과 함께, 자신이 겪어온 일들, 저지른 일들을 털어놓고, 수업 중이나 몇 명이 모여 잡담을 나눌 때 솔직한 순간이 불쑥 찾아오기도 한다. 제이미는 열세 살 때 진단을 받았고 그 뒤로 친구들이 아무도 그와 말을 섞지 않았다고 했다. 제일 친한 친구가 그를 저능아라고 부르기 시작했다. *그건 절대 용서 못해*, 제이미가 말했다. 모두 그건 용서할 수 없다고 동의했다. *죽을 때까지*, 제이미는 그렇게 말했다. 베니는 아버지가 교도소에서 죽은 이야기를 했다. 베니는 거의 울 뻔했는데 누구보다 강한 애라 눈물을 보인 적이 없었기 때문에 스스로 마음을 추스를 때까지 모두 조용히 기다렸다. 폴은 자신이 저지른 일, 소년원 시절, 그리고 열한 살에 처음 동정을 잃은 이야기를 했고 그 후로 다들 폴 앞에서는 성적인 농담을 함부로 못 하게 되었다. 하지만 폴은 대개 방에 틀어박혀 슈퍼패미컴을 한다. 그들은 자기 이야기를 한다. 자랑도 하고, 후회도 하고, 당혹스러운 미소를 지으며 어깨를 으쓱이거나 가벼운 웃음을 흘린다. 그들은 학교가 자신들에게 얼마나 맞지 않았는지 이야기한다. 그들은 서로를 이해해 보려 애쓴다. 왜냐하면 달리 할 일이 존나 없으니까. 저마다 마음속 명부에 누가 진짜로 정상이 아닌지, 누가 갑자기 미쳐버릴지, 누가 센 놈이고, 누가 쫄

보고, 누가 정말 괜찮은지 기록한다. 그리고 뜻밖에도 우정이 그 잘못된 기록들 틈바구니로 스며든다. 증오가 그렇듯이, 끔찍한 외로움이 그렇듯이.

그의 엄마는 이런 글을 썼다: *그 애를 집어삼키는 것 / 그 애 안에 있는 동물 / 피부? 위에 있는 / 그 애를 가두는 / 샤이는 안에 있지만 피부도 그 애다, 너무 분노한, 너무 진실인.* 난 부럽기까지 할 지경이지. 그리고 제니가 말한다. *세상에. 정말 흥미롭네. 고마워.*

그리고 제니가 말한다. *샤이? 보여주고 싶은 거 없어? 오늘은 낙서 하나뿐이야?*

그리고 제니가 말한다. *안타깝구나, 이 시간이 도움이 되었으면 했는데.*

그리고 제니가 말한다. *괜찮아, 가끔은 아무 말 안 해도 돼.*

그리고 제니가 말한다. *샤이?*

누군가 창밖을 내다본다면 그는 머리만 보일 것이다. *하하* 때문에.

그는 산울타리 옆에서 기다리며 잠시 엄지손가락과 다른 손가락들을 물어뜯으며 불타는 기억들을 씹다가 살점과 손톱 쪼가리를 어둠 속으로 뱉는다.

그는 깊은 잠에서 깨어 벌떡 일어나 앉는다, 어릴 적 방, 핏빛 섞인 오렌지빛이 희미하게 어둠을 밝힌다, 바깥 계단참에 밝혀진 불빛, 그는 방바닥에서 자신을 향해 천천히 기어오는 검붉은 덩어리 같은 짐승을 본다, 생기 없이 축 늘어진 무언가를 뒤에 질질 끌고 온다, 쿵쿵거리며, 삐걱대며, 훌쩍이며 그에게 죽은 것을 가져온다, 악몽 속 굶주린 개나 반인 살인마가 들어온 것이다, 하지만 방은 현실이다, 그는 이불을 더듬어보고, 자기 얼굴을 만져보고, 머리를 긁적여 본다, 그러다 마음의 톱니바퀴가 체념한 듯 삐걱이며 돌아가고 눈과 의식이 맞물리면서 이 야행성 짐승이 이언임을 알아차리자 두려움이 실망으로 바뀌기 시작한다, 지금은 크리스마스이브, 그의 침대 발치에 아주 조심스럽게 놓이고 있는 건 선물이 담긴 양말, 포장지의 바스락거림과 이언의 거친 숨소리, 뚜두둑 관절 소리, 침대 발치에 보이는 뾰족한 귀는 그가 선물로 받고 싶다고 했던 배트맨 마스크, 선물이 가득 든 거대한 양말 위로 튀어나온 것이다, 물론 그도 운동장에 떠도는 소문들을 들었고 오래전부터 의심을 품어오긴 했지만, 마침내 그 소문이 사실이란 게 확인되자 왜 이렇게 슬픈지 모르겠다—어차피 똑같은 선물들을 받는 건데—하지만 이언이 이렇게 시끄럽게 소리를 내는 게 놀랍다, 너무 조심성이 없지 않은가, 크리스마스의 마법을 깨버리다니,

그래서 샤이는 시무룩하게 다시 누워 이언이 나가기를 기다린다, 하지만 이언이 갑자기 상류층 소녀 목소리로 욕을 해대기 시작하고, 다시 일어나 앉은 샤이는 이언이 옛날 옷을 입은 소녀라는 걸 어렴풋이 알아차린다, 그녀가 또 나타났다, 손뜨개 스웨터를 입은 소녀, 그녀가 그의 양말을 풀어헤쳐 선물들을 방 저편으로 던지고 있다, 투명한 술이 든 병을 입에 대고 꿀꺽꿀꺽 마시면서, 방은 엄청 크고, 포스터는 사라졌고, 침대는 다른 벽에 붙어 있다, 계속 반복되는 일이라 그는 웃기 시작한다, 꿈속에서 또 다른 꿈으로 빠져드는 것, 그는 열 살 더 나이를 먹었고 라스트 찬스에서 존나 깊이 잠들어 꿈을 꾸고 있다, 이 여자애는 그의 방과 폴의 방 사이 벽에서 중얼거리고, 화가 나서 그의 장난감들을 다 풀어 헤치고 있다, 미래에서 온 여섯 살짜리 아이의 요상한 허섭스레기 따윈 원치 않으니까, 그녀는 자동차와 액션 피규어를 요란하게 짓밟는다, 스카이워커 칫솔도 싫고 싸구려 마트 양말 세트도 싫고 닌자거북이 페즈 머신도 싫다, 그녀는 물건들을 방 저편으로 힘껏 던진다, 귤을 바닥에 내동댕이치고 발로 짓밟아 터뜨리는 순간 불이 환하게 켜지고, 샤이의 엄마와 새아버지가 문간에 서서 묻는다, *무슨 일이야*, 샤이는 눈을 깜빡인다, 아무것도 보이지 않고 그저 그들의 목소리만 들린다, *너 도대체 뭐 하는 거야? 오 세상에 귀염*

둥아, 왜 그러는 거니? 이 버르장머리 없는 괴물 같은 자식, 그리고 어맨다가 문을 두드린다, 문은 어느새 그의 머리맡에 와 있다, 그녀가 말한다, 샤이, 거기 안에 무슨 일 있니? 지금 들어간다, 샤이, 셋 세고 들어간다, 하나, 둘, 셋, 샤이는 눈을 감은 채 기다리며 이언이 들어오기 전에 사라지려고 애쓴다, 제발 잠든 상태이기를, 깨어 있다면 다 망친 거니까, 깨어 있다면 대답을 시작해야 하니까.

카메라-샤이.◆ 하하, 글쎄 정확히 하자면, 이제는 그렇게 샤이하지 않다. 별명을 새로 지어야겠다. 그룹 안에서 제대로 자리를 잡았다. 그가 프로그램에 참여하고 싶어 하지 않는 게 안타깝다. 하지만 장담컨대 마음이 바뀔 것이다. 캘이나 베니가 나선다면.

요즘 사촌 숀이 전화를 안 받는다. 연락한 지 오래되었다. 어쩌면 번호를 바꿨을 수도 있고, 다른 데로 이사했을지도 모른다. 스무 번, 서른 번은 전화한 것 같다. 그는 전화방에 앉아 온갖 상상을 하면서 마음 졸인다.

숀과 둘이 당일치기로 런던에 다녀온 적이 있다. 블랙 마켓 레코드에 가려고. 그를 정글 음악의 세계로 인도해 준 숀. 숀은 그에게 잡지도 빌려주고 자기 턴테이블도 쓰게 해줬다. 토요일이면 그를 차에 태워 레크리에이션 센터 뒤 주차장으로 데려가서 대시보드 위에 코카인을 줄줄이 쏟아놓고 함께 흡입하며 믹스테이프를 들었다. 숀은 흡연자 특유의 쉰 웃음소리를 냈고 샤이는 그걸 흉내 내보기도 했다. 혼잡한 런던행 통근 열차 안에서 숀은 신이 나서 외쳤다. *촌동네 사나이들 최고야, 쇼니랑 꼬마 샤이 날뛰는 중, 내 말 맞지 씨발 맞지*

◆ 카메라에 찍히기를 싫어한다는 의미.

두구두구 둥 두구두구 둥 두구두구 둥, 그 남자 꽉 잡아 계획 최고야, 도시로 성지순례라도 가는 것처럼. 잔뜩 흥분해서. 지하철 개찰구도 뛰어넘었다. 레코드 가게 계산대에 니키 블랙마켓이 있었다. 그들은 비닐봉지를 여분으로 더 달라고 했다. 명예의 전당. *그 시절이 좋았지. 그 시절을 기억해.*

어두운 정원에서 거지 같은 배낭을 메고 서 있는 꼬락서니가 우스꽝스럽다. 멍청한 컵스카우트 대원 같다.

샤이는 말했다. 이건 우리 음악이야. 우리 촌동네에서 나온. 스태튼아일랜드, 시애틀, 디트로이트가 아니라 월솔에서, 왓퍼드에서 나온.

그러자 숀과 그의 친구 앤디는 폭소를 터뜨렸고 앤디가 샤이의 끽끽대는 목소리를 흉내 내어 말했다, *위컴에서, 위딩에서… 워치데일에서,* 샤이가, 닥쳐, 앤디, 라고 하자 숀이 말했다. 야, 농담 받는 법 좀 배워라, 응?

중학교 입학시험 낙방. 두 학교에서 퇴학. *1992년 열세 살에 첫 경고. 열다섯 살에 첫 체포. 이게 너야? 네 전부야? 이 종이의 기록에서 벗어나려면 죽어라 노력해야 한다. 난 너희 중 누구도 과거에 발목 잡혀 살게 하지 않을 거야.* 하지만 피나는 노력이 필요해. 우리한테 마법의 스위치 같은 건 없어.
내 말 듣고 있니?

그는 손가락을 꼽으며 호흡을 가다듬는다. 하나, 둘, 셋.
가자, 이 쫄보야.

그는 울타리 틈새로 빠져나가 아래쪽 정원으로 들어간다.
정지된 장면 속으로 침입한다. 아래쪽은 더 춥다. 멈춰
있는 듯하고, 위협적이다.

8학년 때 방과 후에 레크리에이션 센터를 지나 집으로
걸어가던 기억이 난다, 고개를 숙인 채 잔디를 짓밟으며
남의 시선 따윈 의식하지 않고 혼자 중얼거리며 걸었다,
자신이 뮤지컬 〈요셉 어메이징Joseph and the Amazing
Technicolor Dreamcoat〉에서 요셉 역할을 맡고 싶은 이유에
대해 가상 인터뷰를 하고 있었는데, 갑자기 여고생
두 명이 옆에 나타났다, 줄담배를 피우는 그 식스폼◆
학생들은 성인 여자들이나 다름없었고 샤이의 구부정한
걸음걸이와 몽상에 젖은 중얼거림을 흉내 내며 짓궂게
놀려댔다. *나는 총천연색 외투를 애지중지하는 외톨이
연기를 진짜로 실감 나게 할 수 있어요.*

◆ 영국의 2년제 대학 준비 과정.

그는 무거운 발걸음으로 조심스럽게 걷는다.

상황이 안 좋을 때는 신나는 생각을 해봐.

그는 클럽에 도착해 DJ 부스 쪽으로 가는 상상을 한다. 가방엔 화이트 라벨◆ 음반들, 사람들이 길을 터준다. 주먹 인사, 왕 마리화나, 공짜 술. *예, 형님, 최고야, 리스펙트.*

어맨다: *그 일에 대해 말해줘.*
샤이: 기분이 엉망이었어요. 이언이 내 행동에 대해 잔소리를 해대고 있었고, 난 그의 손을 봤어요. 그때 난 당근을 썰고 있었는데, 나도 모르는 사이에 칼이 그의 새끼손가락에 똑바로 박혀 있었고, 다들 나한테 화를 냈어요. 왜 그런지는 모르겠지만.
어맨다: *농담하지 말고.*
샤이: 사실 그 일로 우리가 좀 가까워지긴 했어요. 이언이 고소를 안 했거든요. 그 사람도 나름 괜찮을 수도 있어요. 아무튼 뼈가 살짝 깨진 정도였어요. 손가락이 통통하거든요.

아래쪽 정원에는 가시덤불이 무성하다. 가끔 정리해도

◆ 아직 발매되지 않은 DJ 전용 앨범.

금방 다시 자라난다. 빠르게 자라난다.

영국의 덤불에서 힘겹게 자라는 작은 식물들, 하지만 넌 구원받을 가치가 있어, 그렇지? 가슴에 손을 얹고 말해봐. 여기 이 공기 좋은 곳에서 기운도 나고 기분 좋게 피곤하고 뭔가 조금은 배운 것 같지 않아?

정원에서 일하는 동안에는 헤드폰 사용 금지라 그는 혼잣말을 중얼거렸다. 아무 말이나 지껄여대고 랩도 웅얼거렸다. 찾아줘 덩굴풀 착한 풀 마음 묶어주는 풀 언제나 괜찮아 나를 두고 가 풀. 뒤엉킨 채 멀리 뻗어나간 굵고 거대한 뿌리를 거칠게 잡아당겨 뽑는다. 억센 잎사귀들과 작고 흰 우산처럼 생긴 꽃들. 그는 어릴 때부터 혼잣말을 해왔다.

정신 이상의 초기 증세지, 할머니가 말했다.

쐐기풀. 민들레. 버글로스. 가시덤불. 잡초를 벨 때 스티브가 이름을 가르쳐준다. *모닝글로리,* 그러자 모두가 웃는다.

• 나팔꽃을 뜻하며, 아침 발기를 의미하는 속어이기도 함.

샤이 대 갈퀴덩굴: 딜린야◆ 리믹스. 질경이. 소리쟁이. 독성 쇼크. 착착착 베어. 봐라 덩굴풀 바빌론이 무너진다아아아아아, 씨바아아아아아알, 샤이가 덩굴풀을 뽑으며 그렇게 외쳤고, 모두들 그와 함께 웃었다.

맨 아래 울타리에서 본 집의 마지막 모습.

내시 부인인지 뭔지의 유령. *즐거운 여행 되기를, 샤이.*

또 봐, 병신들아.

◆ 영국 정글 및 드럼 앤 베이스 음악 유명 디제이.

그가 아홉 살이었을 때 마크와 리지 베일리가 저녁 식사를 하러 왔다, 그들은 아들 토비를 데려왔고 토비는 그날 밤에 자고 가기로 했다, 아이들은 늦게까지 만화영화를 보면서 금요일 밤의 디저트를 먹었다, 토비에겐 바닥에 접이식 침대를 깔아주었고 둘은 이야기를 나누다가 얼른 자라는 잔소리를 들은 후로는 조용히 속닥거렸다, 토비가 졸리기 시작해서 샤이는 토비에게 보여줄 이워크 인형들을 찾으려고 일어났지만 방이 너무 어두워서 그냥 다시 침대로 돌아갔다, 그리고 잠깐 더 이야기를 나눈 후 샤이는 가비지 페일 교환용 스티커 카드를 가져오려고 다시 일어났는데 방이 너무 어두워서 토비를 밟고 말았다, 토비가 비명을 지르며 화장실에 가야겠다고 말했다, 샤이는 토비가 계단을 내려가는 소리를 듣고 몰래 뒤따라가 계단 맨 아래에 앉아 엿들었다, 토비가 집에 가고 싶다고 말했고 토비 부모님이 왜 그러냐고 물었다, 토비는 자기도 잘 모르겠고 그냥 집에 가고 싶다고 말했다, 그러자 이언이 *솔직하게 말해도 돼, 걔가 너 속상하게 했니?* 라고 물었고 토비는 *아니요, 그냥…*이라고 말했고 리지는 *그냥 자기 침대가 좋은 거예요,* 라고 했다, 이언은 *요즘 이런 식의 행동이 점점 늘고 있어요,* 라고 말했고 샤이는 엄마가 *이언, 나는 그렇게 생각 안 해…*라고 말하는 걸 들었다, 그러자 이언이 말했다, *샤이는 다른 애들과 어울*

리는 법을 몰라, 전형적인 외동아이야. 그때 의자 끌리는 소리가 들려서 샤이는 맨발로 계단을 부리나케 올라가 침대에 누웠고 엄마의 조용한 발소리가 계단참을 지나 방으로 들어오는 소리가 들렸다. 침대 끝에 무게감이 느껴졌고, 다리를 만지는 손, 샤이는 잠든 척 눈을 감고 있었다. *깨어 있는 거 알아, 귀염둥이, 내 말 듣고 있는 거 알아, 괜찮아, 우리 다시 시도해 보자, 토비가 아직 친구 집에서 자기엔 너무 어려서 그런 걸지도 몰라, 네 잘못 아니야.* 그러고는 샤이가 가장 좋아하는 이불 펄럭거리기를 해주고 아래층으로 내려갔다. 샤이는 신경이 잔뜩 곤두선 채 누워서 어른들이 떠나는 소리를 들었다. 접시와 유리잔 소리, *신경 쓰지 말고 그냥 두세요,* 외투와 신발 소리, *마크가 그 디저트 못 먹게 돼서 정말 아쉬워요. 아이를 집에 데려가야겠네요,* 라고 말하고, *이언이 그 아이 때문에 정말 미안합니다,* 라고 말하자 리지가 *어머 전혀 그럴 필요 없어요. 단걸 너무 많이 먹고 너무 늦게 자서 그런 것 같아요. 나중에 다시 시도해 보죠 뭐,* 라고 했고, 샤이 엄마가 *네, 우리 꼭 다시 해봐요,* 라고 대답했다.

]발 부탁이니 하기 싫다는 말로 하루를
식으로 말하는지 좀 들어 봐 / 네가 인
생각한다면 진지하게 반성해야 할 거
날? / 넌 지금 통제력을 잃었어 / 이건
러면 안 돼 / 이건 괜찮지가 않아 / 너
게 무슨 행동이니 / 오, 잘 한다, 가족
말 기가 막히는구나 / 지금 내가 말ㅎ
은 거야? / 여보세요, 거기 누구 없어
벌어지고 있는 거야? / 이해하겠니? /
납할 수가 없다고 / 우리한테 말 좀 ㅎ
와, 진정해 / 감히 우리한테 그런 말ㅇ

시작하지 좀 마 / 네가 우리한테 어 마한테 그런 식으로 말해도 괜찮다고 야 / 왜 이러는 거니, 하필 오늘 같은 정상이 아니야 / 넌 자제가 필요해 / 가 이런 짓을 하다니 믿을 수가 없어 나들이를 망치다니, 축하해 / 젊은이 고 있잖아 / 왜 우리에게 상처를 주 요? / 네 머릿속에서 도대체 무슨 일 이건 용납할 수 없어, 알겠어? 도저히 / 우리한테 말해 / 우리한테 말하라 을 하다니 / 이제 그만 / 여기로 돌아 그는 이 밤의 끝자락에서 무너져 침대로 허둥지둥 달려갈지도 모른다.

라벤더 캡슐, 고래 소리 음악, 이야기 테이프, 응급처치 약물, 심호흡, SSRI,♦ 규칙적인 운동, 일기 쓰기, 산책, 그리고 성요한풀에 관한 기사를 읽은 엄마가 작은 병을 하나 보내며, 매일 아침 차에 한 방울씩 떨어뜨려, 눈에도 한 방울씩 넣어봐, 심장에 성요한풀 검을 꽂아 봐, 성요한의 등에 올라타고 한번 달려봐, 아직 안 나았니? 아직 못 고쳤어? 이제는 좋은 꿈 꾸는 거 아니야? 이제 대학 갈 준비 안 됐어? 졸업하고 취직하고 결혼하고 애 낳을 준비?

베니가 스티브 흉내를 내자 샤이가 닥치라고 말한다.

뭐라고, 난쟁이 똥자루야? 베니가 말한다.
닥치라고 했다, 샤이가 대답한다.

방 안 전체가 긴장한다. 싸움이 나기 직전 모두가 숨을 죽이는 순간.

베니가 자리에서 일어나 샤이 쪽으로 다가온다.
샤이는 뺨을 맞을 준비를 하며 이를 악문다.

♦ 선택적 세로토닌 재흡수 억제제로 우울증이나 강박증 등의 치료제로 쓰임.

조심해, 허세충아, 베니가 그러면서 샤이의 이마에 꿀밤을 먹인다.

그는 돌아가서 5분 안에 침대에 누워 이불을 덮고 잘 수 있었다.

너로 사는 게 지칠 때는 없어?

생각이 토막토막 기이하게 반복적으로 비틀거리며 그를 향해 달려든다. 용기가 솟구치다가 한심한 기분이 들다가 아무 느낌이 없다. 패닉. 평온. 브레이크의 절정에서 기관총 소리처럼 쏟아지는 광적인 소음, 그다음엔 소용돌이치는 고요, 집, 학교, 수년 전, 어제, 신경이 잔뜩 곤두섰다가 느긋해졌다가 마음속에서 뭔가가 지각판처럼 진동하고, 그다음엔 행진하다가 그다음엔 순수한 소음, 그다음엔 덫이 철컥철컥, 그다음엔 웅웅거림, 편두통의 베이스라인, 욕조 물속의 사적인 시간, 그다음엔 불면의 또렷한 소음 속 춤추는 신시사이저 음, 피아노 멜로디, 한 걸음 앞으로 두 걸음 뒤로, 진짜를 만들어가며, 움직임 속으로, 그건 마치, 아이쿠, 낙엽 때문에 미끄러워서, 하하 자빠질 뻔.

손은 샤이의 방을 보고 비웃었다. 가본 적도 없는 클럽들 전단지. 벽에 블루택 접착제로 붙인 음반 재킷들―음반을 틀 턴테이블은 없다. 스텐실로 찍거나 스프레이페인트로 그린 로고들.

시간은 어쨌든 흐르고 있는 듯하다. 무게감, 리듬, 춤을
추기엔 자의식이 너무 강한 사람들을 위한 음악, 그냥
가만히 서서 고개만 끄덕이거나, 가만히 서서 스텝만
밟거나, 넘어지고, 일어나고, 깨어나고, 계속 걸어, 샤이.
친구들은 어디 있어? 혼자 가. 샤이 가이, 집에서 멀리.
울타리 가까이에 이르자 긴장감을 되찾고, 골칫거리들을
기억하고, 정신줄을 단단히 붙잡는다.

우와. 너 공룡에 환장했을 때랑 똑같구나.
그다음엔 핫휠이랑 마이크로 머신에 꽂혔었지.
이제 정글 스토커라도 된 것 같구나, 하하, 농담이야
농담, 좋아, 좋아, 괜찮아.

밤은 거대하고, 아프다.

얼른 네 손목을 그어. 다들 너를 싫어해,
선생님의 귀염둥이.

그는 지난날들을 재생한다. 그는 지질했나? 건방졌나?
너무 열성적이었나? 농담을 못 알아들었나? 그는 맥락도
없이 스스로를 평가하다가 잠이 든다. 꿈에서 그는
누군가의 비위를 건드리고, 그다음엔 모두의 기분을
상하게 만들어 쫓기고 조롱당한다, 그래서 울타리를

찌르고, 벌거벗은 등짝을 찌르고, 부드러운 관자놀이와
취약한 틈새를 찌른다. 꿈에서 그는 금수저 캘의 머리통을
뾰족한 울타리 쇠기둥에 내리찍어 시뻘건 피를 토하며
헐떡이게 만든다, 그다음엔 똘똘 뭉친 패거리에 끼어
으스대며 걷는다, 완전히 깨어 사회적 기복, 안전과 위험,
망한 농담, 조롱 같은 것들에 집착한다. 가끔은 깨어 있고,
대개는 좆같은 기분과 살인적인 꿈 사이에서 자지가
얼얼할 때까지 자위를 해댄다. 그 모든 것이 마음속에서
신랄한 공허의 무더기를 이룬다. 그는 침실의 오래된
들보에 주먹질을 해대며, 머릿속에서 그려낸
가상의 적들에 맞서 난폭한 말들을 중얼거린다.

넌 도대체 왜 우리를 못 쳐다보는 거야?
우리가 너한테 무슨 말을 할 때는 우리를 봐야지.

어깻죽지와 목덜미가 환장하게 아프다.

딩동, 조울증 왕자님 납시오.

그는 디빗과 하루 종일 쿵후 영화와 독일 포르노를 보며 물 담배를 피우고 딸기 맛 젤리를 먹다가 제마네 집이 비었다고 해서 친구들을 만나러 시내로 갔는데, 세인트 유스터스 씹새들이 라이머 코트에 진을 치고 시비 걸 준비를 하고 있었다, 그와 디빗은 그들을 너무 늦게 발견하는 바람에 곧장 라이머 코트로 걸어 들어갔다가 놀림을 당하기 시작했다, 유스터스 애들은 인종차별주의자 새끼들이었고, 디빗이 키 큰 빨강 머리를 *진저 민지*◆라고 부르면서 둘이 싸움이 붙어서 서로 따귀를 날리며 헛소리를 주고받기 시작했다, 그 진저 새끼가 디빗에게 P로 시작하는 욕●을 투척했고 디빗은 반지 낀 손으로 그 새끼 뺨따귀를 시원하게 갈겼다, 뺨이 찢어져서 주근깨 난 창백한 크림색 피부에 커다란 핏방울이 도넛의 딸기잼처럼 흘렀고, 그걸 본 샤이는 순간적으로 마음이 불편해지면서 현기증이 일었다, 겁에 질려 덜덜 떨었다, 그 씹새끼들보다 몸집이 훨씬 작았으니까, 그러다 어떤 새끼가 돌아서는 그의 뒤통수를 후려갈겼고, 다른 새끼가 달려들어 배에 강펀치를 날렸다, 그다음엔 아수라장이 되었고 그는 바닥에

◆ Ginger Minge, 미국 배우이자 가수로 빨강 머리 때문에 '진저'라는 별명을 갖게 됨.

● 인종차별적 단어 Paki를 의미하는 것으로 보이며 파키스탄인에 대한 모욕적 표현임.

쓰러져 발길질을 당했다, 겨우 배 한 방 맞고 숨이 막혀 헐떡거리는 게 어이가 없었다, 럭비하는 사이코 새끼들, 부모 잘 만나 비싼 운동복 휘감고 다니는 새끼들, 진짜 엿 같은 상황, 멘붕에 빠져 불안해하며 머리를 감싸안고 욕과 신음 소리를 내뱉으며 울지 않으려 애썼다, 그 와중에도 이 사태가 어떤 결말에 이를지 궁리했다, 속사포 같은 패닉, 그때 어떤 놈이 그의 발목을 세게 짓밟았고 씨발 존나 아팠고 라이머 코트가 중세 시대에 죄수들을 교수형에 처하던 곳이라는 걸 배운 기억이 퍼뜩 떠올랐다, 어릴 때는 무서워서 항상 라이머 코트를 피해 멀리 돌아서 다녔다, 줄에 매달려 흔들리는 시체의 시퍼런 얼굴을 상상했다, 아이스랜드 마트 봉투를 들거나 유아차나 보행기를 끌고 지나가는 행인들, 그러다 누가 얼굴을 걷어찼는데 제대로 맞진 않았지만 코랑 눈 위를 날카롭게 스치며 충격을 줬고 그 순간 아야 아야 벨크로 운동화 신은 이상한 새끼 뭐야 하는 생각이 들면서 분노가 폭발하여 온통 헝클어진 채 헐떡거리며 벌떡 일어나 개처럼 으르렁거리며 완전 뚜껑이 열려서 미쳐 날뛰며 상처받은 어린애처럼 고함을 질러대며 빙빙 돌면서 얼굴들을 향해 마구 주먹을 휘둘렀다, 그러다 뒤에 있는 벤치에 막혀 꼼짝 못 하는 신세가 되었는데 대여섯 놈이 오줌을 지릴 정도로 웃어대며 씨발 너 이제 죽었다고 했다, *빡대가*

리 새끼, 씨발 뭐야, 저 새끼 완전 맛이 갔네, 진정해 미친놈아, 저 새끼 때려눕혀, 디빗은 땅에 뻗어 얼굴을 감싸 쥐고 욕을 하고 있었다, *걔 건드리지 마, 좆같네 도망갈까,* 아니면 6학년 때 캠프에서 배운 대로, 골목에서 강도를 만나면 와아아악 소리 지르며 달려드는 것처럼 그렇게 달려들까, 그러면 놀라서 얼떨결에 비켜주겠지, 하지만 이 새끼들은 너무 가까이 있어서 CK 원 향수 냄새까지 맡을 수 있을 정도였다, 씨발 좆됐네, 지금 제마네 소파에 앉아 베키랑 즐기고 있어야 하는데, 어쩌면 베키의 부드러운 브라 속에 슬쩍 손을 집어넣어 그 멋지고 따스한 찐빵을 만질 수도 있었는데, 베키와의 키스는 세상에서 제일 달콤하고 부드러운데, 내가 거기 도착했을 때 벌써 제임스랑 하고 있으면 안 되는데, *나 너 알아,* 유스터스 애들 중 하나가 말했다, *우리 텀블 토츠 같이 다녔잖아,* 하하, 유스터스 애들이 웃으며, *뭐야, 아냐, 저 새끼 대가리 뽀개버려, 너 언제부터 집시가 됐냐, 좋은 항공 점퍼 입었네, 케브, 너네 엄마 아직도 창녀냐,* 샤이는 그 애를 알지도 못하고 제대로 듣고 있지도 않지만 텀블 토츠는 기억난다, 그때 줄을 타고 고무 매트를 건너는 놀이 재밌었는데, 지금 그는 크로스컨트리라도 뛴 듯 숨을 헐떡이며, 철권 게임 캐릭터처럼 서서, 멈춤, 준비, 정신이 없고, 여기서 벗어나 제마네 집에 가고 싶은 마음뿐, 지난 반 시간을 없

던 일로 돌리고 디빗을 일으켜 세우고 싶은 마음뿐, 지난 반 시간을 되돌리고 싶어지는 이런 상황에 처하고 싶지 않은 마음이 간절하면서도, 이상하게도 다시 이렇게 된 게 뭐 반갑기도 하고, 좆같은 정글리스트 솔저◆—내가 말했잖아—그는 옆에 있는 꽉 찬 쓰레기통에서 맥주병 하나를 꺼내 벤치에 대고 후려쳐서 목을 날린 다음 텀블 토츠에 대해 씨불인 수다쟁이에게 깨진 병을 힘껏 휘둘러 그놈 이마를 길게 찢어놓는다, 피부가 지퍼처럼 열리고 조잡한 싸구려 특수효과처럼 피의 장막이 펼쳐지는 걸 보며 생각한다, 우와, 너무 쉽네, 그러다, 이크 큰일 났다, 하면서 벤치에 앉아 귀를 틀어막는다.

◆ 정글 음악의 신봉자를 의미하는 말.

그저 그와 들판뿐. 특색 없는.

와서 나 좀 죽여라, 덩치 큰 빨강 머리 진저. 어느 날 밤 여기 나타나서 내 부탁 좀 들어줘.

샤이가 영어 과제물로 멋진 글을 썼는데 우리 틈에 섞어 살고 있는 이 집의 과거 거주자들 혼령에 관한 내용이에요. 17세기 백작 같은 인물, 다락방의 유령들, 샤이의 방에 숨어 있는 60년대 소녀. 정말 뛰어난 글이죠. 솔직히 꽤 심란한 내용이기도 하고요! 샤이? 어머니께 그 얘기 해주고 싶었니? 이리 와봐, 친구, 참여 좀 해. 어머니가 여기까지 차를 몰고 오신 건 너와 이야기하기 위해서야. 네가 시무룩하게 있는 걸 보려고 오신 게 아니라고.

시골의 밤이 이렇게 밝은 줄 몰랐다. 어둡지도, 눈부시지도 않은 빛. 이 들판에 남은 유일한 레이버.• 정글에서는 겸손하게.

> **넌 아직 너를 몰라. 내 말을 믿어봐.**
> **앞으로 알게 될 거야. 자기 자신을 알아가는 건**
> **여러 계절이 걸리는 일이지. 넌 아직 봄이야.**

• raver, 광란의 파티 레이브 참가자.

그는 음악은 나중을 위해 아껴두고 있다. 음악은 항상 기대할 수 있는 것, 결코 그를 실망시키지 않는 것이어야 한다. 그는 걸으면서 곡의 리스트를 만든다. *히어 컴스 더 드럼즈. 다크 에인절. 리본 인 더 스카이. 갱스터 하드스텝. 더 베리얼. 미스틱 스테퍼. 터미네이터 투.*

톱 텐.

94년 베스트. 95년 현재까지 베스트.

장례식 곡. 헤드폰 곡. 파티 곡. 우울한 곡. 점프업◆ 곡.

무인도에 가져갈 플레이리스트.

샤이가 기다려, 기다려, 했고 곡이 시작되자 베니는 부우우움 외치며 깡충깡충 뛰면서 샤이의 방 안을 빙빙 돌았고 폴은 벽을 두드리며 *닥쳐 씹새들아* 소리쳤고 베니도 벽을 쾅 치며 *꺼져, 꼬맹이 폴* 했고 폴이 세풀투라의 곡을 더 크게 틀자 샤이는 점핑 잭 프로스트의 곡을 더 크게 틀었고 베니는 *소리전재애애앵* 외치며 벽을 쾅쾅 쳤고 폴이 *씨발 죽어버릴 거야* 소리치며 벽을

◆ Jump up. 정글 음악의 하위 장르.

내리친 다음 비명을 내질렀고 샤이는 침대에 앉아 빙 글거렸고 어맨다가 뛰어 올라와 싸움을 진압하고 당구대 사용권을 박탈했다.

제니는 살며시 능숙하게 그의 머릿속으로 파고든다: *이런 얘기 이언이나 엄마랑 해보는 건 어때? 도움이 될까? 그리고 그게 창피하니, 샤이? 응? 캘럼이랑 화해는 했니? 혹시 사람들이 네가 수업을 즐기거나, 좋은 성적을 받는 걸 어떻게 생각할지 걱정되는 거야, 아니면 그게 아니야?*

제니의 노트, 제니의 펜, 제니의 자세.

그리고 그 유령의 목소리가 네 목소리처럼 들리니? 애들이 네 아이디어가 시시하다고 웃었을 때 속상했어? 아니면 걔들이 어떻게 생각하든 별로 신경 안 써? 샤이, 다른 애들이 널 어떻게 생각하는지 걱정돼? 특히 베니?

제니의 뺨에 있는 초코칩 같은 점, 제니의 커피 향 숨결, 그리스도의 제자가 신었을 것 같은 가죽 샌들.

그가 다시 그 여자애 집으로 갔을 때, 음잠깐만 하하 기다려봐 좀 더 키스하고 잠깐만 앞에서 웅크리고, 정말로 그렇게, 하하지쳐버려서둘 다 약간 세에상의 부으드러운 표면에서 기울어져 떨어지는 것처럼, 와, 근사했지, 세에상이 조금, 해피 해피 K[*]에 취해 그리고 진짜 좋았어, 조금 예에에민해지고 얼마나화끈한지 그녀는 어떤지 궁금해하며 그의 위에 거꾸로 매달린 가슴이 그의 머리 위로 움직이고 그는 밑에 그녀 가랑이 사이에 젖은 시트가 곰의 형상을 하고 그의 주변을 맴돌고 잠깐 나 물 한 모금 항 모긍 마실게 헐떡거리며 뭔가 좋은 걸 기다리고 그녀는 물 아니면 마른 입 제일 웃긴 건 그가 양말은 벗지 않았다는 거 내심장 소리 들어봐 그녀는 너어무 좋아 친구들한테 말해도 안 믿을 걸, 잠냄새 화학약품복숭아, 과일, 가루코 목엉망, 반짝이는 요정 조명 흐릿한 인스트루멘털 힙합 들으며 잠깐 자고, 침대에서 일어난 그는 약간 정신이 맑아지는 걸 느끼고 그녀는 아직 자고 그는 어른이 된 것 같은 축복받은 기분이고 이건 친구들 집 파티에서 경쟁적으로 급하게 자위하고 더듬고 손장난하던 거랑은 거리가 먼, 전혀 다른 차원의 시간과 공간, 이게 천국인가 하하, 그녀는 그의 배 위에서 마리화나를 말고, 플라스틱

---

[*] 마약 케타민을 의미하는 것으로 보임.

그라인더로 풀을 갈고, 뚜껑 삐걱이는 소리에 그가 깨고, 너무 끈적거려서 뚜껑이 안 돌아가, 이리 줘봐, 히피야, 손이 너무 건조해, 약기운 떨어지는 중이라 짜증 나고, 그녀의 포스터들을 보며 둘이 웃는다, 그러다 깜빡 잠이 든 것 같다, 이제 덜 몽롱하고, 잠이 완전히 깨어 개운하다, 키플링 케이크를 먹으며 스프라이트를 마시고 다시 키스 시작, 달달하고 부드럽고, 그의 어설프고 엉망진창인 삶과는 거리가 멀다, 그녀에게 모든 비밀을 털어놓고 싶다, 영원히 여기 있고 싶다, 그녀의 침대에 앉아 마리화나를 피우며, 그녀의 벗은 상반신은 기적 같고, 맨다리는 따뜻하고 편안하게 엉켜 있고, 간지럽게 스치는 음모, 그는 그녀에게 레이블에 대한 꿈을 이야기한다, 네 몸을 꼬집어봐 이건 너무 멋져서 믿기 힘들어, 절대 이걸 잊지 못할 거야, 언제나 그녀와 함께 이야기하는 거야, 앤디 C가 역대급으로 폭발적인 무대를 보여줬던 거, 스티비 하이퍼 D가 마이크로는 도저히 불가능하다고 여겨졌던 일들을 해낸 거, 그는 차원이 다른 천재라는 거, 절대 이 순간을 잊을 수 없어, 그러다 또 섹스를 시작하고, 그녀가 침대 머리판을 붙잡고 네 발로 엎드리고, 그는 자신이 들락날락하는 걸 내려다보고, 벽에 걸린 포스터에서 미소 지으며 내려다보는 「버피」의 에인절에게 졸린 얼굴로 씩 웃고, 그러다가 그녀의 부드럽고 따뜻한 등에 가슴을 대고, 한 팔은 침대 머리판을 잡고 있는 그녀의 손 옆에 두고, 다른 팔은 아래로 내려가, 그의 지친 불알을 어루만지기 위해 아래로 뻗은 그녀의 손과 만나고, 그러다 그는 깜짝 놀라 벌떡 일어나 앉는다, 머리통에 총알처럼 날아드는 기이한 걱정, 삐이이이이, 잠깐 우리 왜 방 반대편에 와 있는 거지, 빠져나와서, 삐이 삐이 삐이 휘이이이잉, 이상한 수치심의 장막이 그를 덮친다, 뭐야, 걱정걱정, 그녀는 뭐냐고 묻는다, 무슨 일이야, 갑자기 가슴 밑바닥에서 당혹감 때문인지 죄책감 때문인지 극도의 공포가 솟구치고 그는 그녀의 허벅지를 후려갈긴다.

제니: *뭘 했다고? 다시 말해봐.*

샤이: 걔한테 데드레그◆를 했어요.

제니: *세상에. 왜?*

샤이: 아, 몰라요. 솔직히 아무 생각 없어요. 우린 데드레그 많이 해요. 완전 습관처럼. 학교 다닐 땐 그게 유행이었어요. 늘 했어요. 무슨 이유에선지 그냥 그 여자애 다리가 눈에 들어왔고 그래서 때렸어요. 설명 못 하겠어요. 그땐 너무 취해 있었거든요.

제니: *그래서 그다음엔 어떻게 됐는데?*

샤이: 엉망진창이었어요. 울고 소리 지르고. 제대로 기억도 안 나요. 완전 정신이 나가서. 걔 룸메이트가 들어와서 걔를 데리고 나갔어요. 나도 나왔는데, 집에 어떻게 왔는지도 모르겠어요. 그 후로 다시는 걔를 못 봤어요. 이름도 기억이 안 나요. 잘못된 일이었어요. 완전 끔찍했어요. 계속 그 생각이 나요. 계속.

◆ 다리를 세게 때려서 일시적으로 감각을 잃게 만드는 장난.

옆 들판의 풀들이 속삭인다.

달이 스토커처럼 따라온다. 심판하면서.

다시 숨을 쉬어. 하나, 둘, 셋. 차가운 손의 언덕과 골짜기들을 오르내린다. 넷, 다섯, 다시 돌아오고, 숨을 쉰다.

어맨다가 가르쳐준 노른들, 북유럽 신화 속 신비로운 세 자매, 운명의 실로 미래를 짜는 여신들, 그날 밤 샤이는 침대 끝에 앉은 그들의 무게에 잠이 깼다, 고대의 세 노파는 기이하게 익숙한 얼굴들이었는데 엄마, 할머니, 어맨다, 대처, 유치원 선생님이던 후퍼 부인, 팻 부처, 제니, 매지 비숍같이 그가 알고 있거나 보았거나 상상했던 여자들이 콜라주로 합쳐져 흐릿한 잠재의식 속에서 솟아올라 그를 바라보며 미소 지으며 달각, 달각, 그중 하나는 뜨개질을 하고 있었고, 달각, 달각, 운명이 고리를 이루며 짜이는 사이 그는 다시 잠이 든다.

그의 마음속에서 관절이 딱딱 소리를 내며 뒤틀린다.

아니, 그는 더 이상 자신을 해치고 싶은 생각은 없다.

아니, 라스트 찬스 다큐멘터리에 출연하고 싶지 않다.

아니, 그는 라일리와 짝이 되어 쓰레기 줍기를 하고 싶진 않다.

아니, 그는 진짜로 모든 예술이 시시하다고 생각하진 않는다.

아니, 그는 이번 일요일에 엄마와 새아버지가 면회 오는 걸 원하지 않는다.

밤은 감각이 뒤범벅된 기억들의 파편, 그 깜빡이는
잔상이다. 그가 높은 데서 떨어져 박살이라도 난 것처럼.
사실 전혀 그렇지 않고, 그저 정처 없이 걸으며 기억을
조율하고 있을 뿐인데.

**샤이는 극도로 불안한 꿈에 시달리고 있긴 하지만,
우리는 몇 가지 전략, 대처 방법, 밤 시간의
요령들을 적용하고 있어요, 그렇지, 샤이?**

그는 워크맨 속 테이프와 주머니 속 마리화나를 떠올린다.
흥분된다. 선명함. 연기. 작품성. 고양감. 프라이버시.
통제력. 그는 여러 목소리들을 오가며 혼잣말을
중얼거린다: 측정할 수 없는 즐거움, 사람들에게 원하는
걸 줘, 들끓는 애들을 베이스로 눌러버려, 라스트 찬스
크루 전원에게 바친다, 밤에 걷는 대원에게, 배낭 최고야,
걷고, 말하고, 아침을 스토킹하는 샤이 원Shy One의 사운드,
여기 경고가 온다, 폭풍을 몰고 온다. 빌드 업, 브레이크,
서브우퍼의 지진 같은 흔들림. 예 손님 뭘 도와드릴까요?
뭐든지 원하는 대로, 친구. 예, 터프가이, 원한다면 뭐든지.
재즈풍에, 소울 충만하고, 깔끔하고 몽환적인, 존나
끔찍한 악몽 같은 메탈, 하하, 뭐든지. 샤이는 웃는다. 그런
거 좋아해 응? 정통 하우스풍 보컬에, 순도 100퍼센트
래거◆의 불꽃. 부드럽고, 섬뜩하고, 시끄럽게. 군더더기

없는 알짜배기. 하하. 증기기관 이후 영국 최고의 발명품?
미래가 여기 있다, 95년, 두려움 따윈 없다.

**이 정도면 꽤 괜찮은 것 같은데, 그렇지? 스티브가
화이트보드에 그려진 샤이의 자아 지도를 보며 미소
짓는다. 기분도 좋고, 안 그래?**

그는 머릿속에서 그걸 정확히 들을 수 있다. 아멘
브레이크가 파도처럼 밀려들어, 제 안으로 파고들고 또
파고든다, 그의 가슴에 착착 감긴다, 그가 제일 좋아하는
건 속도를 반으로 줄이며 늘어질 때, 구부정하니
건들거린다, 무기를 가슴에 품은 채, 그리고 다시 튀어
오른다, 힘차고 짜릿하게 폭발한다, 수학적 완벽함으로,
위로, 위로 그리고 멀리, 드럼 머신과 샘플로 만들어졌지만
신이 만든 소리처럼 들린다. 신은 방방 뛰는 놈, 자기가
창조한 인간들이 함께 춤추길 바란다. 신나게 흔들어.
기술과 영혼. 할렐씨발루야 나는 드럼을 사랑해. 내게
비처럼 퍼부어 줘.

물론 그는 이런 말을 숀이나 베니에게는 절대 하지
않는다. 그가 하는 말은, 하드코어네. 좋다. 예이. 이 곡

◆ ragga, 레게와 힙합 음악의 특징이 섞인 서인도제도의 팝 음악.

존나 맘에 드네.

그저 빙긋 웃으며, 고개만 끄덕인다.

그는 걸음을 멈추고 주변을 둘러보며, 문득 자기 자신을 의식한다.

너무 흥분해서 무아지경에 빠져버렸다.

들판은 미동조차 없지만 마치 그를 품에 단단히 감싸안은 듯하다. 밤의 덩어리가 그와 함께 움직이고, 그와 함께 숨 쉰다. 모든 것이 날카롭게 다가든다. 짙게 스며든다. 그는 여기 밖에 뭐가 있을지 생각하고 싶지 않다.

시골 출신의 금수저 캘은 숲에 관한 이야기들을 들려준다. 숲속에 사는 늙은 사냥꾼들이 사람을 토막 내서 아무도 모르게 가시덤불, 고사리 같은 연기 많이 나는 것들과 함께 태우고 남은 뼈를 갈아 돼지 먹이에 넣는다는 이야기. 숲에 버려진 반짝거리는 가죽 하이힐이나 아이들 장난감은 꼭 ITV 범죄 드라마 소품 같아서, 겁에 질린 사람들이 고사리와 가시덤불을 헤치고 도망쳐 큰 저택에 숨으려 하지만 그 저택은 결코 안전한 곳이 아니고, 거기엔 좌절에 빠진 난폭한 소년범들이 가득 차 있으며,

그들은 어두운 라스트 찬스에서 밤마다 식은땀을 흘리며 깨어 있다. 그들은 밤이면 밤마다 시골의 어지럽게 뒤엉킨 질척한 꿈속에서 사람들을 해치고 싶은 욕망을 삭인다, 나쁜 아이들, 소년원 출신 쓰레기들, 실험실의 쥐들, 그 낡은 집에 사는 음산한 유령들이 그들 위에 웅크리고서 그들의 귀에 공포와 폭력적인 환상을 흘려 넣는다, 침 튀기며, 뚝뚝, 질질, 비열한 늙은 마녀 같은 쓰레기 널린 영국 숲 한복판, 집에서도 멀고, 불빛도 택시 정류장도, 신뢰도, 엄마도 없는 그곳.

하하, 서둘러, 이 씨발놈아, 샤이는 그렇게 말하고 다시 걷기 시작한다. 뱃속에서 가느다란 떨림이 인다.

건물주가 독립 구조의 고급 아파트로 개조할 수 있는 건축 허가를 받게 되면, 라스트 찬스는 과거가 될 것이다.
스티브는 자신과 동료들은 낙관적이라고 말한다.
"알다시피, 돈이 좌우하죠. 그래도 누군가의 마음속 자선의 사자가 으르렁대기 시작할지도 모르죠. 안 그러면, 우리 애들을 캠핑카에 태워서 길을 떠나는 거죠, 안 그래, 얘들아? 델마와 루이스식 마지막 지리 수업, 전속력으로 낭떠러지로 돌진, 맞지?"

배낭은 걸을 때마다 어깨를 잡아당긴다.

사촌 숀은 말했다. 열 좀 내지 마, 인마. 너 이상하게 굴고 있어.

이언은 말했다. *샤이는 자기파괴를 좋아하지, 안 그래, 까칠이?*

베니는 르노 5 GT 터보 랠리 해치를 훔쳤다고 자랑했다. 그 차를 몰고 기차역 매표소까지 들어갔다는 것이다. 샤이가 뻥이라고 하자 베니는 *꺼져, 흑인 흉내쟁이야. 누가 너한테 물었냐?* 라고 했다.

캘이 물었다. *왜 너는 겨털이 없냐?* 샤이는 왜 너는 친구가 없냐고 받아쳤다.

그는 제니와 상담 중에 의자를 밀치고 나가버렸다.

그는 큰 계단 아래까지 갔다가 돌아서서 복도를 따라 다시 걸어와 문을 박차고 들어왔다.

나에 대해 아는 척하지 마! 당신이 아는 건 내가 말해준 것뿐이야.

알았어, 샤이. 제니가 말했다.

알긴 뭘 알아, 샤이가 말했다.

그는 등의 통증을 덜기 위해 선 채로 몸을 앞으로 기울인다. 어깨를 찍어 누르던 무게가 줄고, 머리로 피가 몰리고, 두 손은 무릎에, 영원히 이렇게 있고 싶을 정도로 좋다. 오랫동안 아팠던 곳이 잠시 아프지 않은 상태.

아래로 숙인 머릿속은 고요하다.

        네가 극적인 걸 좋아한다는 거, 인정해, 샤이.

이봐아아아, 그의 꿈속 목소리가 말한다. 일어나 일어나, 일어나서 가보자, 샤이.

그의 엄마와 새아버지는 그를 빤히 보면서 설명을 기다린다. 새아버지가 지킬 박사와 하이드 놀이는 언제 끝낼 거냐고 묻는다.

그는 얼굴이 시뻘게져서는 팔짱 낀 가슴에 대고, 식탁에 대고, 짜증과 자기혐오로 신경이 팽팽하게 곤두선 어두운 마음에 대고 웅얼거린다, 나도 부끄러워요, 부끄럽다고요. (그만 좀 내버려둬요.)

몰라요. 진짜 몰라요.

제발 제에에발 미안해요.

차라리 태어나지 않았으면 좋았을 텐데.

당신들이 싫어요.

죽고 싶어요.

(쾅, 이 정도면 됐어… 그 말이 떨어지면서 그들이 움찔하는 게 느껴진다. 마치 그들 사이의 공기가 찢긴 듯. 좋아.)

둘 다 꺼져버려.

그는 낡은 철조망을 밟고 넘어가서 다음 들판을 건너기 시작한다.

막대 인간 샤이는 화살표를 따라 걷는다, 왼쪽에서 오른쪽으로, 단어들을 밟고: 지루함 → 위험한 행동 → 상처/문제 → 수치심/죄책감.

그리고 라이터 기름 사건 말인데, 샤이, 이 패턴에 들어맞는 걸까?

그런 것 같아요, 샤이가 말한다.

그래, 나도 그렇게 생각해. 뭔가 감이 오기 시작했어, 제니가 말한다.

어, 그렇다면 그런 거겠죠 뭐, 샤이가 말한다.

근처 덤불에서 바스락 소리가 나더니 뭔가 퍼덕거리며 튀어나온다. 그는 멈춰 선다.

들판 여기저기에 흰색 형체들이 보이는데 분명 돌일 테지만 꿈쩍도 안 하는 작고 흰 동물일 수도 있다. 그는 밤 같은 평범한 것에도 눈과 뇌의 협업이 망가질 수 있다는 걸 미처 몰랐다.

니 엄마 너무 뚱뚱해서 가로등을 딜도로 쓴대.

포식자와 샤이의 대결. 반박할 말을 생각해.

너 나한테 말버릇이 그게 뭐야?
네가 원하는 게 그거야? / 너
믿을 수가 없구나 / 좋은 엄마
누리지 못하는 사람들도 있어
봐 / 제발 다시는 그러지 마
알기나 해? / 우리 삶을 망치려
/ 내가 이렇게 애원하는데, 제
돌아와 / 다시는 그

너 우리 가정을 파괴하고 싶어?
이런 선택을 하다니 도저히
그런 말을 할 수 있는 호사를
또 시작이네 / 나가기만 했단
가 얼마나 큰 상처를 줬는지
야? / 이게 다 무슨 소용이야?
좀 인간답게 대해줘 / 이리
마, 제발, 다시는

이건 군사학교 학생들한테 시키는 일이다. 등에 돌을 짊어지고 걷는 거. 강해지거나 무너지거나. 군대에선 씨발 아무도 *자신을 좋아하라는* 소리 안 한다.

    넌 좋은 아이야, 우린 좋은 동네에 살고 있어,
    그러니 넌 말야… 넌… 좋아 그게 아니라, 잠깐만,
    좋아, 미안해, 기다려, 난 최선을 다하고 있어,
    난 할 수 있어, 난 다시 시작할 거야.

내 말 들어봐, 샤이. 내 아들. 내 새끼.
이건 진통제야. 네 할머니가 돌아가실 때 썼던
약이야, 제발 좀. 도대체 뭘 하고 있는 거야?
이것만 대답해 줘. 너 지금 무엇으로부터 도망치고
싶은 거니? 어디가 아파서 이게 필요한 거야?
아니면 그냥 즐기려고 먹는 거니? 그저 몽롱하고
멍한 느낌이 좋아서? 누가 억지로 시킨 거야?
손이야? 말 좀 해봐. 제발 부탁이야.

샤이는 배낭을 벗고 싶지 않다. 그건 규칙을 어기는
것처럼 느껴질 테니까.

**자신이 바보처럼 느껴진다면, 바보 같은 짓을
그만두는 게 어때.**

어맨다는 샤이의 방에 옛날 옷을 입은 십 대 소녀 유령이 있다는 말을 믿는다고 했다. 어맨다는 함부로 판단하지 않는다. 그녀는 멜빵바지를 입고 차를 마시며, 아이들이 무슨 얘기를 하건 다 들어준다.

스티브는 샤이의 헛소리를 좀 덜 들었으면 좋겠다고
했다.

덩치 오언은 〈X-파일〉 주제곡을 휘파람으로 불었다.

샤이의 테이프 훔쳐 간 사람 누군지는 몰라도
그런 장난 하나도 재미 없으니까 정오까지 제자리에
갖다 놔라. 안 그러면 전교생 당구대 사용 금지다.

미래가 여기 있고 그것이 그의 마음을 아프게 한다.
라스트 찬스가 문을 닫을지도 모른다는 얘기를 들었을
때 그는 마음이 뒤틀리며 돌처럼 굳는 걸 느꼈다.
그는 말썽거리를 찾아 쿵쾅거리며 돌아다녔다,
충돌하고 말다툼을 벌였다, 그러다 TV 방에서 싸움을
시작했다. 밀치고, 침 튀기며 으르렁거리고, 제이미의
얼굴을 할퀴려 들었다, 모두가 웃으며 *사이코 샤이*를
외쳐댔고, 스티브가 그를 두 팔로 꼭 끌어안고 꼼짝 못
하게 만든 다음 아기처럼 달랬다.

**봤지? 샤이처럼 착한 애들도 분별력을 잃을 수
있어.**

그의 매트리스 밑에는 너덜너덜해진 《멘스 월드》
잡지가 납작하게 깔려 있다. 중간 페이지의 하얀
속옷을 입은 조 게스트의 사진은 그의 뇌리에 새겨져
있다. 천 번도 넘게 들춰본 중고 포르노 잡지. 그
잡지도 좋은 시절 다 지났다. 금수저 캘한테 넘겼어야
했는데. 이걸로 딸이나 쳐라.

**경고등이 켜지면, 샤이, 그게 뭘 뜻하는지
알아차리고 제대로 인식해. 지금 네가 뭘 느끼고
있는지, 그게 네 행동에 어떤 영향을 미치는지**

알아야 해. 네 인생의 운전자는 바로 너야, 알겠어?

나는 정글리스트야, 베이비. 날 바꾸려 들지 마.

그 애는 어렸을 땐 나를 바라봤다. 아이가 엄마를 보듯이, 내게 얼굴을 향하고 먹을 것, 위안, 안전… 모든 걸 나에게서 찾았다. 나는 그 애의 세계, 적어도 그 세계의 중심이었다. 우리는 서로를 마주 보고 있었다. 그러다 그 애가 돌아섰다. 사람들이 흔히 그러듯이. 아마 남자아이들이 특히 그럴 거다. 어쩌면 그게 정상일지도 모른다. 언젠가는 다시 돌아올지도 모른다.

샤이? 제니가 묻는다. 넌 어떻게 생각해?

그는 어깨에 끈 때문에 붉은 멍이 들지 궁금하다. 부검 장면에서 나올 법한 그런 멍 말이다.

아, 아주 똑똑하네. 모든 질문에 '귀찮음'이라고 썼구나. 정말 지친다, 샤이. 여기 좀 봐: 자기장. 우리 그거 배울 때 너 좋아했잖아. 너 일부러 시험을 망치는 짓으로 뭘 주장하고 싶은 거니?

베니는 친구들에게 자기가 자란 동네 이야기를 들려준다. 경찰이 이유도 없이 차를 세우고, 수색하고, 입을 열기만 하면 시비 걸지 말라는 소리를 들어야 했다. 베니는 그게 자기가 한 짓에 대한 핑계는 아니지만 자기

이야기의 일부라고 말한다. 인종차별적인 교사들, 인종차별적인 경찰들. 그는 라스트 찬스라는 비교적 안전한 곳에서 이제야 세상이 어떻게 돌아가는지 알 수 있다.

그들 모두 점점 자기 이야기를 더 잘할 수 있게 된다.

샤이가 이해한다고 말한다.

베니는 말한다, 아니. 내 말이 바로 그거야. 넌 절대 이해 못 한다는 거.

손톱 밑의 살점은 그의 것으로 밝혀지는데, 허벅지를 후벼 판 것이다. 양쪽 어깨의 타박상은 아주 무거운 짐을 짊어졌다는 사실을 암시한다.

팔의 흉터는 1~2년 전으로 거슬러 올라간다.

몸싸움의 흔적은 보이지 않는다.

샤이, 이 삼각형은 너야. 여기 한가운데, 다른 애들이랑, 나랑, 어맨다랑, 직원들이랑 같이 살고 있는 너. 그렇다면 바깥에는 누가 있지? 지도에

그려봐.

그의 엄마와 새아버지, 돌아가신 할머니, 착한 이모 트리시, 사촌 숀, 질과 마이클, 친구 디빗과 네이선, 학교 애들 몇 명, 그리고 브로키, 레이 키스, 그루브라이더, 샤이 FX, 닥터 S. 가셰, 앤디 C, 미키 핀, 그는 칠판에 이름들을 써내려가다가 MC들 이름도 쓰기 시작한다. 뎃, GQ, 스키바디, 그러자 스티브가 웃으며 말한다. *계속해, 샤이. 이건 네 지도야, 네 세계라고. 랜들 빼먹었잖아. 감당 못 하게 뜨거운!*

샤이는 민망한 듯 씩 웃고는 손가락 두 개로 총을 만들어 스티브에게 쏘는 시늉을 한다.

어른들은 기분 안 나쁘게 놀린다. 그것도 일종의 친절이라고 할 수 있다. 애들은 그냥 물어뜯는다. 끊임없는 공격과 반격의 패턴이 밀고 당기는 연애의 어두운 쌍둥이 같다.

샤이는 불알이 아직도 안 내려왔어
라일리네 엄마는 창녀야
애시는 거시기 털이 겨우 일곱 가닥이야
샤이는 담배 사려면 가짜 신분증이 필요해

베니랑 제니는 둘이 나무 위에 올라갔어
금수저 캘은 갈비뼈 하나를 빼서 자기 자지 빨 수 있다던데
폴은 좆 빨고
캘이랑 샤이는 게이 커플
제이미는 어맨다랑 떡치고 싶어 해

악랄한 장난들, 복잡한 정신적 채무 관계, 감지된 무시, 폭발 직전의 불평과 위협. 아무도 믿을 수 없다. 그래서 그는 음악에 푹 빠져 산다. 음악은 약속하고, 그 약속을 지킨다. 그는 소리 안에서 안전하다. 헤드폰을 쓰면 혼자가 된다. 장벽도 없고, 심리전도 없다. 음악은 그를 반긴다.

여러분, 몸에서 냄새난다. 우리 잘 좀 씻자.
싸우지들 좀 말고.

그는 TV 방에서 금수저 캘이랑 밤늦게까지 여자 이야기를 했다. 웨일스 캠핑장에서 만난 여자애랑 콘돔도 안 끼고 했는데, 제대로 넣기도 전에 싸버렸지 뭐야, 사후피임약을 구하러 그 여자애랑 시내까지 5킬로미터를 걸어갔다니까.

갈아엎은 밭을 건너고 있는데 이상하게 힘겹다. 진흙

덩이가 신발에 달라붙고, 땅에서 튀어나온 부싯돌들이
달빛 아래 번쩍인다. 집 꼭대기 창에서 볼 때는 평평한
밭이었는데 막상 와보니 발이 푹푹 빠지는 흙이 무릎
높이의 이랑을 이루고 있다. 중노동이다. 멍해진다. 눈도
피로하다. 이제 자신이 좀 불쌍해지기 시작한다.

캘이 말했다 *아, 나도 그런 적 있어. 나무를 타고
올라가다가 제일 낮은 가지에서 떨어진 기분이랄까.*

다음 날 캘은 식당에 들어가자마자 *한 방 샤이* 얘기를
퍼뜨렸다.

피웅피웅, 제이미는 아예 노래를 부르고 다녔다.
조심해라, 걸레들아, 크림 총 쏘는 샤이 몬태나◆ *오셨다.*

왜 올빼미가 없지, 궁금해진다. 왜 집 뒤 어두운 숲속에선
부엉부엉 소리가 들리지 않을까? 바람도 없다. 그는
지금 푸르스름하고 정지된 무無의 공간으로 들어가고
있다. 그의 뒤에 모든 게 한 덩어리로 뒤엉켜 있다. 뿌연
안개처럼. 라스트 찬스와 그 전, 느려졌다가 빨라졌다가,
여기로 온 지 몇 년은 된 것 같다, 초등학교를 떠난 게

◆ 거친 남성성을 상징하는 별명.

엊그제 같은데, 1년 뒤 다시 가보니 소변기가 얼마나 작고 낮던지 웃음이 났었지. 그때는 다 큰 어른이 된 기분이었다. 멍청한 꼬마. 지난 몇 년간 시간은 정말이지 믿을 수 없는 씨발 것이었다. 그는 하루하루 시간과 씨름한다. 이제 막 지나온 일들, 다가오는 시간의 끔찍한 압박감. 시간은 낭비하거나 도망쳐야 할 무언가가 되어버렸다. 시간이 그를 괴롭힌다. 그를 기만하고 가두고 조롱한다. 그러니 기절했다가 한참 지나서 깨어나는 게 최선이다.

세상이 끝났대. 밀턴킨스로 가는 버스를 못 타서, 친구들이랑 춤추고 엑스터시 할 기회를 놓쳐서, 그래서 무너진 거야. 참 어이없지. 아무런 회복력도 없어. 날마다 온종일 응석받이의 종말 타령.

머릿속 목소리들을 헤치고 나아가는 건 힘든 일이고, 점점 더 힘들어진다. 기묘한 달빛 아래 사물의 깊이와 형태를 파악하려고 애쓰다 보니 눈이 빠질 것 같다. 그는 자기 연민에 젖어 자아에 갇힌 채 잘 보이지도 않는 진흙 길을 터벅터벅 걷는다. 이래서 사람들이 장화를 신는 거다. 아디다스 클래식 운동화가 엉망이 됐다.

넌 멍청한 행운아야, 샤이. 진짜, 진짜 운 좋은

놈이야. 센 척하지 마. 넌 튼튼한 안전장치를 갖고 있어. 너를 사랑하는 엄마. 좋은 새아버지. 먹을 것. 보살핌. 이 집. 나. 어맨다. 오언. 여긴 감옥이 아냐. 너한테는 많은 기회가 주어졌어. 안 그래? 다른 애들은 그렇게 쉽지 않았지, 안 그래? 이 나라가 어떻게 돌아가는지 너도 알잖아. 경찰, 판사들. 베니의 입장이 되어봐. 응? 장난치지 마, 알았어? 샤이, 내 말 들려? 못 들은 척하지 마.

할머니 차 뒷좌석 젖은 매트에서 나던 냄새, 통나무 밑에서 나던 냄새, 어느 여름부터 다음 여름까지 그의 장난감 요새가 썩어갔던 차고 안쪽 구석의 냄새. 젖은 나무 냄새.

우선은 믿고 가야 해, 타임머신이 나오기 전까진 말야. 들어봐. 너는 지금의 너, 1995년의 샤이로 규정되지 않아. 나중에 그 아이는 기억도 잘 안 날 거야. 2005년의 샤이는 이 시간을 돌아보며 내 말에 동의할 거야. 그때 그는 이렇게 말할 거야. 샤이, 모퉁이만 돌면 내가 있어. 그냥 이 시기만 넘기면 돼. 그러면서, 스티브 말이 맞았다고 할 거야!

음, 새아버지 죽이겠다고 협박한 거 미안해.
퇴학당한 것도 미안해.

마른 진흙을 랩에 싸서 애들한테 마약이라고 판 것도 미안해.

솔직히, 셋 다 그렇게 미안하진 않아.

그래.

좋아. 편안하게. 간다.

엄마 차 열쇠로 긁은 건 미안해. 진심이야. 그건 진짜야. 멍청한 짓이었고, 후회해.

가끔 완전히 이성을 잃는 것도 미안해.

그 빨강 머리 애 병으로 찌른 것도 당연히 미안해.

닥 스콧 음반 슬쩍한 거 미안해, 하하 전혀 안 미안하지롱.

리엄네 벽에 스프레이 페인트로 보지라고 낙서한 것도 미안, 근데 존나 멋졌잖아. 그건 안 미안해.

켈리의 엑스터시 봉지 잃어버린 것도 미안.

좋아, 이건 진심이야. 할머니 장례식 때 멍청하게 군 거 미안해. 그건 계속 마음에 걸려. 후회하고 있어.

미안한 게 많아. 베키한테 미안해, 질과 마이클한테도 미안해, 엄마한테도 미안해, 이언한테도 미안해.

> 다시 '실망의 간극'이구나, 샤이. 기억나?
> 우린 네게 '수면 동굴'이 도움이 될 거라고
> 생각했는데 효과가 없었고, 그래서 네가 불안하고
> 스스로한테 짜증나는 거잖아. 이건 '상실 중심'
> 사고방식이야, 맞지? 기억나?
>
> 샤이?
>
> 샤이? 듣고 있니?
>
> 좋아, 헤드폰 좀 벗어줄래, 샤이, 그건 무례한
> 태도야.
>
> 이 음악은 도움이 안 되는 것 같아. 너무 빠르고
> 뚝뚝 끊기고 날카로운 쇳소리라. 네가 왜 렘수면을
> 못 취하는지 그 워크맨만 봐도 이유를 알겠구나, 응.
> 그건 너무 '켜진' 상태야. 넌 '꺼져야' 하거든. 샤이?

내 말 듣고 있니? 난 진심으로 네가 이런 행동에서 벗어나기를 바랐는데.

그는 자신이 병을 깨서 얼굴을 찌른 그 애한테 편지를 써서 무슨 말이든 하고 싶다.

그 일이 모두의 마음속에서 너무 심각하고 논쟁의 여지가 없는 사건으로 고정되기보다는 그 애와 대화를 주고받을 수 있었으면 좋겠다. 그는 자신이 그 일을 저지른 것에 대해 확실한 생각이나 감정을 유지할 수 없기에, 그 애가 그런 일을 당한 것에 대해 명확한 인식을 가지고 있을지 궁금하다. 흉터가 남았는지도 궁금하다.

미안함이 잔뜩 든 무거운 가방을 짊어지고 걷는다.

달빛에 네온블루로 물든 기이한 구름들, 여드름 난 뺨처럼 울퉁불퉁하다. 살덩이 같다. 견고한 세계가 해체되었다가 다시 합쳐지는 게 마치 잠을 자다 깨다 하는 것 같다. 그는 비틀거리며 그 세계 속으로 들어가면서 기억을 떠올린다.

너 자신에게 그러면 안 돼, 샤이, 내 아기. 그렇게 너 자신을 아프게 하면 안 돼. 네 몸은 하나뿐이잖니.

제니가 말한다. *이언처럼 된다는 게 무슨 뜻이야?*

샤이가 말한다. 세차하고, 골프 치고, 밤새 잠 못 자고 지붕 물받이 걱정하면서 사는 거요.

제니가 말한다. *에이, 그건 아니지. 그분은 자기 차를 좋아하고, 골프를 좋아할 수 있는 거 아냐? 모든 사람이 너와 똑같은 취미를 즐겨야 해? 그럼 안 되지, 안 그래?*

샤이는 코웃음 친다.

제니가 말한다. *세상에는 이언처럼 되는 것보다 더 큰 걱정거리들이 많아.*

그는 코를 훌쩍이고 침을 뱉고 아픈 어깨 위로 배낭을 더 높이 끌어올려 멘다.

내 느낌으로도 그렇고 다른 선생님들 의견도 마찬가진데, 요즘 네가 자리를 너무 많이 차지하는 것 같아. 선생님들 관심이 너한테 너무 많이 쏠리고 있어. 그러니까 좀 자제해 줬으면 좋겠다.

[카메라가 TV 방 안으로 머리를 들이민다. 움푹 꺼진 커다란 갈색 소파 세 개가 놓여 있고, 문 뒤에 미니 농구 골대가 붙어 있으며, 당구대가 보이고, 《믹스맥》, 《로디드》, 《FHM》 잡지가 쌓여 있다. 냄새나는 운동화를 신고 널브러져 있는 소년들, 산만하고 장난이 심하다.]

"우리는 나쁜 행동을 벌주기보단 좋은 행동을 장려하려고 노력해요." 스티브가 말한다. "하지만 한계는 있죠. 아, 아주 재밌구나, 얘들아. 이제 그만하자. 미안해요, 여기선 과시가 좀 있죠. 그래, 아주 좋아, 샤이, 네가 반짝 인기를 누렸구나. 오늘 새 당구 큐가 들어올 예정이라 애들이 약간 들떠 있어요. 미안해요."

제니가 말한다. *예를 하나 들어줄래?*

샤이가 말한다. 그러니까, 정말 사소하고 엉뚱한 일에

꽂히고 좌절하는 거, 그리고 작은 일들이 머릿속에서 엄청나게 커져서 나중에 그것 때문에 창피하고 당황스러운 거요. 아니면 내 능력 밖의 심각한 문제도 있고요.

제니가 말한다. *좋아. 그럼 그 심각한 문제가 어떤 건지 예를 들어줄 수 있어?*

샤이가 말한다. 음. 죄송해요, 오늘은 진짜 너무 피곤해요.

제니가 말한다. *천천히 해.*

샤이가 말한다. 좋아요. 아마존 우림이 파괴되고, 사람들은 스팅이 그 일에 신경 쓴다고 씹어대요. 스팅은 존나 애쓰고 있는데 자기들은 아무것도 안 하면서.

제니가 말한다. *진짜로?*

샤이가 말한다. 그것 때문에 짜증 나요.

그는 걸음을 멈추고 주위를 둘러본다. 몹시 외롭다. 아주 작고 아주 무식해진 기분이다. 갑작스럽게 밀려든 깊은 걱정에 기가 눌린다. 서둘러 가야 한다. 과도한 잡념이 숨통을 조여오지 않도록. 사소한 생각들이 밤의 악몽 속 거대한 개버◆ 음악 격납고에서 감당할 수 없게 커지지 않도록. 〈워리스 인 더 댄스Worries in the Dance〉. 엄청난 사운드시스템이 다른 모든 소리를 짓이겨버린다. 편집증과 갈증. 부싯돌이 잔뜩 든 배낭을 메고 야간 레이브 공연에 가지는 마라.

> 너 죄책감 느끼라고 하는 말은 아닌데,
> 네 엄마를 너와는 별개의 한 인간으로 생각해
> 본 적 있니? 네가 빠져들고 있다는 그 우울의 호수,
> 네 엄마에게도 아주 익숙한 호수라는 거 알아?
> 네 엄마는 그 호수에서 겨우 빠져나왔는데
> 이제 아들이 거기로 굴러떨어지는 걸 보고 있는
> 거지. 샤이, 내 말이 귀에 들어오기는 하니?

엄마가 넘버 원 담배 열 갑 사다 놨으니 너도 같이 피워도 된다고, 진입로에 나가서 피운 다음 꽁초는 바퀴 달린 쓰레기통에 버린다면 집에서 피워도 된다고, 대신 조건이 있는데 엄마랑 이언이랑 같이 휴가 비디오를 봐야 한다고 말했다, 그는 좋다고 했고 엄마는 그에

◆ 하드코어 테크노의 하위 장르로. 강렬하고 왜곡된 킥 사운드와 논란의 여지가 있는 가사 또는 샘플링이 특징이다.

게 담배를 줬고 그는 밖에 나가서 한 대 피운 후 들어와서 거실에 앉았다, 이언이 다락에서 캠코더 상자를 꺼내왔고, 저마다 제목을 단 비디오테이프가 케이스에 깔끔하게 정리되어 있었다, 이언이 '스프링클러/차머스 86'이라는 제목이 붙은 테이프를 틀었다, 비디오가 시작되고 꼬마 샤이가 바다를 향해 전속력으로 달려갔다, 엄마가 웃었고 이언도 웃었고 샤이는 얕은 물에서 깡충깡충 뛰다가 도로 달려와서 그의 특별한 망치로 바위를 탁탁탁 두드렸지만 화석은 못 찾았다, 이언이 연을 날렸고 엄마가 그 모습을 보며 웃다가 바다로 달려가더니 물이 차가워서 비명을 지르면서 도로 달려왔다, 엄마는 웃으면서 외쳤다, *찍지 마, 이언, 그거 끄라고, 이 인간아*, 그다음에 샤이가 바위를 들어 올리는 장면이 나오고 이언이 해설을 시작했다, *설마, 설마 어린 소년이 저렇게 큰 바위를 들어 올리려는 건 아니겠지요 오오 소사소사 맙소사 결국 해냈습니다! 무릎을 굽혀, 친구, 여기 세계 소년 장사 대회 현장에서 믿기 어려운 장면이 펼쳐지고 있네요*, 그리고 영상은 그해 여름 어느 날의 뒷마당으로 전환된다, 샤이는 스파이더맨 복장을 하고 있는데, 옷이 너무 작아서 앙상한 손목과 발목이 삐져나와 있고, 물에 젖어 옷이 몸에 찰싹 달라붙어 있다, 그는 스프링클러 사이로 뛰어다니다 이언에게 다가가 팔 벌려 뛰기를 하고는 캠코더 렌

즈에 대고 **본**이라고 외친 후 노래를 부른다, *인 더 유에스에이*,◆ 온실 근처 정원 끝에서 몸을 돌려 다시 돌아와 스프링클러 사이에서 깡충거리다 **본**, 정원으로 뛰어 올라와 *인 더 유에스에이*, 반복 또 반복, 이언이 낄낄거리고, 질과 마이클, 그리고 그의 엄마가 뒤에서 웃고 떠드는 소리, 테이프가 끝나고, 엄마가 말한다. *봐, 그렇게 힘든 일 아니었잖니*, 샤이가 말한다, 씨발 신경꺼, 엄마, 이언이 말한다, *야, 잠깐만*, 샤이는 이언에게 당신은 빠지라고 말한다, 그러자 이언이 *야야*라고 하고 샤이는, 야야, 흉내 내면서 테이프 상자를 거실 바닥 저편으로 걷어찬 다음 복도로 나가서 문을 쾅 닫는다, 두 사람의 말이 겹친다, *또 시작이군, 우린 못 이겨, 당장 돌아와, 그냥 내버려둬*, 샤이는 공원을 어슬렁거리며 담배를 피우고 침을 뱉으며 따분한 기분을 느낀다, 그 노래 구절이 계속 머릿속에서 맴도는데 그 한 토막밖에 기억이 안 난다, 나머지 부분은 전혀 모른다.

◆ Born in the USA는 노래 제목.

농부 딸이랑 잤다는 게 진짜야? 우와아아, 샤이, 샤이 야, 씨발 내빼지 마, 미친놈, 너 암소랑도 몇 번 했냐, 이 더러운 새끼, 야, 샤이, 가지 마, 그냥 웃자고 한 말이야. 샤이?

캘이 그 이야기를 퍼뜨린 후 샤이는 우편함으로 가서 캘의 우편물을 훔쳤다. 캘이 부자 새끼니까 돈이 들었는지 보려고 뜯어본 다음 쓰레기통 깊숙이 처박아 버렸다.

사소한 일들. 몇 번. 상처를 핥다가 반격.

그는 수업 시간에 영국 음악 중에서 좋은 건 다 흑인 문화에서 왔다고 진지하게 말했다, 그러자 제이미가 *아이쿠, 샤이는 나중에 커서 흑인이 되고 싶대요*, 라고 비꼬았고, 샤이는 제이미의 엘레세 후드티를 보일러실 물탱크 뒤에 처박아 버렸다.

"삶이 없으면 부활도 없다", 친구. 우선 침대에서 일어나. 씻고, 깨끗한 속옷으로 갈아입어 봐.
그다음 옷 입고, 오늘 하루를 맞이해 보자, 응?

그는 지난주에 침대 옆 탁자에 놓인 물을 한 모금

마셨는데 미지근한 오줌이었고 거품까지 있었다,
헛구역질을 하며 베개에 주먹질을 했다, 울지 않으려고
애썼다, 그는 자기 같은 애들과 유령 나오는 집 안에 갇혀
있다. 그는 이길 수가 없다.

> **내가 하고 싶은 말은, 샤이, 네가 받은 만큼
> 돌려주는 애라는 거고 남을 공격할 거면
> 보복을 감수해야지. 잠시 혼자만의 시간을 보내는
> 게 어때, 응?**

환영, 악몽, 목소리들, 엄마와 전화로 영매였던 증조할머니에 대해 나누는 대화, 스티브와 나누는 윌리엄 블레이크와 편두통, 아야와스카◆에 대한 이야기, 의사와의 상담에서 나눈 약에 대한 이야기, 그리고 마리화나와 공포영화를 피하라는 권고, 제니와의 상담―투쟁과 도피, 신선한 공기와 운동, 눈 안쪽이 간질간질한 느낌, 지긋지긋한 생각들, 반복, 섬뜩한 직감들, 그건 마치, 그는 설명하려고 애쓴다, 어떤 느낌인가 하면, 몸속에 철조망 한 뭉치가 들어 있는 것 같아요, 그게 안에서 찔러대요, 날마다 온종일, 그러다가 뭔가 잽싸고 바쁜 게 들어오고, 가끔은 막 신나고 방방 뜨고 다른

◆ 남미 원주민이 사용한 환각성 식물.

사람들의 생각들이 내 몸 전체에 진동해서 그들이 뭘 느끼는지 다 알 수 있어요, 장면들이 훤히 보이고, 맥락이 확실하고, 마치 전과 후의 일을 정확히 아는 것처럼, 내 뇌가 그 리듬을 파악한 것처럼, 그러다 또 사라져요. 쓰레기만, 똥만 남아요. 도로 내가 되는 거죠.

마음은 하나의 우주야, 블랙홀과 온갖 게 있는, 스티브가 말한다. 미쳤지. 그건 사실이야.

부싯돌이 잔뜩 든 배낭을 짊어지지만 않았어도 한 걸음 내디딜 때마다 그렇게 깊이 꺼지지 않았을 것이다. 그건 사실이다.

그는 웃는다.

캘은 비밀 이야기를 퍼뜨려 놓고 죄책감을 느꼈는지 샤이에게 생일 선물로 10파운드짜리 마리화나 한 봉지를 줬고, 그중에서 마지막 남은 걸 지금 피우려고 한다.

와아 씨발, 샤이는 천사의 목소리를 가졌어! 야 샤이, 샤이, 그거 다시 불러봐, 다들 잘 들어, 정글 버니◆* 노래 실*

◆ 흑인에 대한 멸칭.

력 좀 보자구.

베니가 샤이의 머리를 밀었는데, 바리캉 2단계로 전체를 삭발해 버렸다. 제이미는 샤이가 자선 광고에 나오는 죽어가는 고아처럼 보인다고 했고, 베니가 말했다. *야 제이미, 넌 좀 꺼져주는 게 어떻겠니?*

지역 국회의원이 라스트 찬스를 방문하여 시설을 둘러보고, 악수도 나누고, 사진도 한두 장 찍고, 건축사 얘기도 좀 했다. 그는 노란 코듀로이 바지를 입었고, TV 방에서는 숨을 참았으며, 악수 후에는 매번 손을 닦았고, *교육은 구원입니다, 젊은 친구들,* 어쩌구 떠들더니 누구, 질문 있나요? 하고 물었다. 스티브가 채근했다. *얘들아, 왜 그래, 평소엔 말 잘하면서,* 그래서 샤이가 정중하게 손을 들고 물었다.

제 질문은요, 의원님, 국회의원이 되기 위한 훈련을 받아서 그렇게 되신 건가요, 아니면 원래부터 그렇게 좆같으셨어요?

이얏호, 샤이.

그때의 배짱, 타이밍, 반응을 떠올리면 가슴이 뜨겁게 울린다.

멋져, 디제이.

그들은 수업 시간에 그 의원에 대해 논쟁했다. 턱수염 기른 착한 역사 선생님 앤디는 그들이 분노하는 건 좋다고 했다. 하지만 그다음엔? 어떻게 더 공정한 사회를 만들 거지? 어떤 도구와 이념으로? 분노만으로?

너희 중 몇 명은 97년 총선에서 투표할 수 있어. 그건 강력한 무기야.

제이미가 말했다. *총신이 짧은 산탄총이 강력한 무기죠.*

샤이는 지난주에 턱수염 기른 착한 역사 선생 앤디에게 화가 났었는데 이유는 기억도 안 난다. 그래서 라스트 찬스 안을 화난 핀볼처럼 튀어 다녔다.

> **세상에, 여기 이 작은 무리와 그들의 음악을 좀 봐. 그들은 끝도 없이 이론을 펼치고 있지. 맨날 뭐가 얼마나 나쁜지. 얼마나 힘든지. 그런 얘기잖아, 안 그래, 샤이? 여기 샤이는 드럼 앤 베이스 총독이라고 할 수 있지. 애들을 전부 전향시킨. 드럼 앤 베이스는 완전히 샤이의 영역이야. 사람들이 탐내는 테이프들을 플라스틱 케이스에 담아**

소장하고 있는데 그걸 애들한테 빌려주지.

강렬하고, 어둡고, 치명적이고, 반항적이고, 거친 것. 애들은 그런 걸 원하는 거야. 전부 모여 앉아서, 각자 헤드폰 끼고 끄덕거리고 있지. 내가 지금 저 애들을 민망하게 만들었네, 봐.

그는 열다섯 살 때쯤 엄마가 핫휠 장난감 자동차 세트를 교회 놀이방에 기부했다는 말을 듣고 분노가 폭발했다. 엄마한테 나쁜 년이라고 소리쳤고, 엄마는 움찔했다, 엄마는 겁에 질린 얼굴로 부들부들 떨면서 마치 기도하는 수녀처럼 두 손을 모으고 부엌을 왔다 갔다 했다, 엄마는 도무지 이해할 수 없었다, 그가 왜 그 오래된 장난감에 집착하는지, 몇 년 동안 쳐다보지도 않았으면서, 그리고 아들이 엄마한테 그런 말을 했다는 걸 믿을 수가 없었다, 그녀는 집을 정리하려고 그랬던 거라고, 아들이 더 이상 그 차들을 좋아하지 않는 줄 알았다고, 핫휠을 갖고 노는 걸 몇 년 동안 못 봤다고 말했다, 그러자 샤이가 소리를 질러댔다 그만, 그만, 그만, 엄마, 그러곤 식탁에 이마를 쾅쾅 박았다, 엄마는 *그만해, 아가, 제발 부탁이야*, 했다, 그는 엄마가 미웠고 땅속으로 파고들어 가 죽어버리고 싶었다, 엄마는 계속 말했다, *말 좀 해봐, 설명 좀 해줘*, 그는 귀를 막고 자신의 닫힌 붉은 마음에 대고 전기 폭풍 같은 맹렬하고 거친 베이스라인을 흥얼거렸다, 폭풍이 지나간 후 고개를 들었을 때 엄마는 사라져 버렸고 시야에서 검은 벌레들이 꿈틀거렸다, 그는 자기가 왜 그렇게 화가 났는지 기억이 나지 않았다.

그리고 그런 일이 반복되었다.

샤이는 왜 그런지 궁금하다.

지난주 악몽을 꾸다가 두 번이나 깼을 때 그는 연못으로 내려가 머리가 물에 잠길 때까지 눈을 뜬 채 걸어 들어갔다, 하지만 몸을 눕히려고 할 때마다 연못 바닥에 체중을 싣는 순간, 누군가 손을 뻗어 그의 머리채를 잡고 홱 끌어올렸다, 숨을 헐떡이며 보니 다락방 욕실, 고요한 수면 아래서 머리채를 잡혀 거칠게 끌려 올라와 욕실로 돌아온 것이다, 들보에는 그라피티가 있고 물속에서 경보가 울린다, 쇠 파이프 하나가 그의 몸을 관통한다, 반은 어맨다, 반은 낯선 여자가 벌거벗고 연못을 미친 속도로 빙빙 돈다, 인간이 낼 수 있는 속도를 넘어섰다, 마치 빨리 감기 한 비디오처럼. 욕실, 다시 물속, 여우들이 밤에 교미하며 내는 소리 같은 괴성을 지른다, 가시 달린 좆 울부짖음, 쉬익 연못 밖으로 솟아올라, 다시 욕실. 글씨가 새겨진 들보가 웃는다, 간신히 연못 바닥의 푹신한 매트리스 위에 눕는 순간, 쉬익, 또 머리채를 잡혀 끌려 나오고, 다시 욕실. 반은 어맨다인 여자가 비명을 내지르며 연못을 미친 속도로 빙빙 돈다, 증기기관 박람회의 좁은 레일을 도는 기차처럼, 유령 소녀의 얼굴이 어맨다의 몸에 붙어 철썩이며 연못을 돌고 또 돈다, 흰 섬광, 달리는 어린 소녀, 샤이의 배에 박힌 쇠막대가 등 위로 올라가 입속까지 들어간다, 넘어지면 목이 박살 나고 쇠막대가 두개골까지 뚫을 것이다, 그러니 유일한 탈출구는 오래된 대형

도기 세면대, 그걸로 죽는 것, 스스로 끝내버리는 것, 충격으로 기절하거나, 연못 한가운데서 끊임없이 반복되는 벌거벗은 그의 정액을 짜내는 머리카락이 잡아당겨지는 두피가 아픈 발기 쇠막대를 보지 않는 것, 그거면 된다, 어떻게든, 몸을 던져 끝장내는 거다, 그거면 된다, 무슨 수를 쓰든 그 꿈에서, 그 구멍에서 빠져나가야 한다, 그는 자세를 잡는다, 자 간다, 빠르고 깔끔하게, 멋지게 가는 거야, 거울 속에서 이빨을 드러내고 웃는데 그 거울은 연못, 둥글고 둥근 평평한 원, 미안해, 반복 또 반복되는 요란한 폭풍우 속에서 자신을 알아볼 수 없지만 여전히 샤이, 여전히 듣고, 여전히 생각한다, 그는 온 힘을 다해 세면대에 얼굴을 박는다, 박살 난 뼈-날카로운 차가운 망각을 기대하지만 세면대는 솜처럼 부드러운 베개, 그의 냄새가 밴 베개, 그는 침실에서 헐떡이며 깨어난다, 램 레코드 포스터, 화끈거리는 두피, 가슴속 심장은 투스텝으로 쿵작쿵작, 쿵, 쿵, 탁/탁, 씨발 이게 뭐였지, 쿵, 쿵, 탁/탁 침대 옆 벽을 친다, 심장마비, 감당할 수가 없다, 더 이상 이런 꿈을 꾸지 않는다면 죽어도 좋다, 이 재수 없는 유령들린 집 때문이다. 이 집에서 살고 죽고 끔찍한 꿈을 꾼 사람들로 가득한 비디오 가게 같은 방들, 헐떡이는 샤이의 짧은 숨소리가 탁탁탁 트랙을 달리는 발소리 같다, 그러다 발끝에서 이불이 들려 올라가자 그는 비명을 지르지만 아무 소리도 나오지 않는다, 그는 꿈속에서 자신이 깬 줄 알도록 속았다는 사실에 분노한다, 꿈속의 꿈, 비명을 지르지만 목은 완전히 막혔고, 누군가 다른 사람이 헐떡이고 있다, 누군가 헐떡이는 소리, 이불이 벗겨진다, 엄마가 더운 밤에 시원하게 이불을 까불러줄 때처럼, 하지만 베니다, 베니 얼굴 여러 개가 숨이 막히도록 달라붙고 또 달라붙고 또 달라붙는다, 마치 기계에 걸려서 열나게 반복되는 VHS 테이프나 흠집 난 레코드처럼, 이불이 너울거리며 샤이를 덮쳐 키스하고, 핥고, 찍어 누른다, 거칠고 이상하면서도 기분이 좋다, 아래로 내려와 그를 끌고 당긴다, 어맨다는 베니의 몸속에 있는 어린 소녀로 변해 샤이의 어깨를 꼼짝 못 하게 찍어 누른다, 베니가 샤이의 입술을 깨문다, 다음엔 코를, 다음엔 머리카락을 잡아당긴다, 널 빠져 죽게 할 순 없어, 칭구, 씨발 절대 안 돼, 두피가 들썩거릴 정도로 머리채를 단단히 휘어잡는다, 어맨다는 베니의 얼굴을 하고 있지만 카펫 냄새가 나고 그들이 샤이를 자위시키고 있다, 여러 개의 팔들, 금속 맛이 살짝 난다, 포근한 강물, 녹슨 암내, 안쪽은 질처럼 따뜻하고 짭짤하다, 샤이는 멈추라고 말하려 하지만 머리가 물속에 있어서 입에선 물거품만 나오고 베니가 말한다 *준비해*, 싸고 싶지 않다, 침대가 젖으면 안 된다, *샤이 준비해*, 그리고 연못을 빙빙 도는 루프가 그의 배에 연결된다, 똥을 쌀 것처럼, 사정할 것처럼 요동친다, 사람들이 끝나지 않은 그를 거칠게 밀치고 데굴데굴 굴려 보안 펜스로 끌고 간다, 그는 숨을 쉬려고 헐떡거린다, 완전히 진이 빠졌다. 하지만 사람들이 음악을 틀라고 소리 지르며 휘파람을 획획 불고 베니가 말한다 *간다, 간다, 준비해, 간다, 이건 내가 제일 좋아하는 곡이야,* 그는 너무 지쳐서 세면대를 들어 올리고 쿵! 베이스라인이 샤이의 얼굴을 내려치고 샤이는 밝고 하얗게 또렷하고 선명하게 깨어난다, 세면대 가장자리에 부서진 치아와 턱이 빨갛게 튄 B급 공포영화 같은 잔상, 이제 잠이 깼다. 맙소사, 이제 깼다, 램 레코드 포스터, 두피가 화끈거린다, 심장은 가슴속에서 투스텝으로 쿵/쾅 쿵/쾅, 덜커덕덜커덕, 심장마비, 젠장, 밤마다 이런 꿈에 시달리느니 차라리 죽는 게 낫겠다, 그때 또다시 이불이 들리고 샤이는 비명을 지르기 시작한다, 샤이의 엄마가 시원하게 이불 부채질을 해주고, 스티브가 방에 들어와 샤이를 깨운다, 베니는 욕을 하며 서성인다, 옛날 옷을 입은 소녀가 말한다, *우리 깨어나게 해줘, 우리 좀 내버려둬, 그에게 잠깐만 시간을 줘,* 샤이 엄마는 여전히 꿈속에서 말한다, *준비, 부채질. 준비, 부채질. 이제 낫니?* 시원한 이불은 확실히 낫다, 엄마는 샤이가 악몽에 시달릴 때 어떻게 해야 하는지 안다, 그냥 이불만 다시 덮어주면 된다, 이제 거의 끝나간다,

애야. 네가 이 집 사람들을 다 깨웠다, 그가 꼭 깨어 있게 해라, 그는 잠과 깨어 있음 사이에 갇히는 걸 싫어한다, 원래 그랬다, 불쌍한 녀석.

> 샤이, 내 생각엔 네가 중간을 좀 찾았으면 좋겠어. 넌 기분이 좋을 땐 천장을 뚫고, 안 좋을 땐 아주 바닥을 치지. 솔직히 말하면 정말 지치는 일이야.

그는 거의 다 왔고 배가 고프고 허리가 아프다.

> 샤이는 유령이야, 그치? 그래서 저렇게 창백한 거야. 샤이는 20년 전에 죽었는데 지금 우리 앞에 나타나는 거라고.

턱수염 기른 착한 역사 선생님 앤디: *이 얘기는 다른 애들 있는 데서 제대로 하고 싶구나, 화장실 바닥에 쭈그려 앉아 울면서가 아니라. 알았지?*

샤이: 좋아요.

턱수염 기른 착한 역사 선생님 앤디: *다른 방법들도 있어, 친구. 자, 벌떡 일어나.*

샤이: 얼굴에 물 좀 뿌리고요, 금방 갈게요.

턱수염 기른 착한 역사 선생님 앤디: *좋아, 그럼 이따 보자.*

샤이: 좋아요.

턱수염 기른 착한 역사 선생님 앤디: *좋았어.*

샤이: 고마워요.

턱수염 기른 착한 역사 선생님 앤디: *천만에.*

샤이: 계속 울어서 정말 죄송해요, 앤디 선생님.

턱수염 기른 착한 역사 선생님 앤디: *이리 와, 안아줄게.*

나는 샤이에게 거긴 강간범이나 폭력범들이 있을 거라고, 살인범은 없겠지만, 핑장히 문제가 심각한 청소년들이 있을 거라고 말했다, 그러자 샤이는 일어나서 테이블을 돌아와 내게 말했다, 엄마, 나도 문제가 심각한 청소년이야, 나는 말했다, *아니야, 귀염둥이, 넌 그저 길을 잃고 방황하는 것일 뿐이야. 그건 달라,* 그러자 샤이가 말했다, 엄마, 내 말 들어봐, 엄마가 나 사랑하는 거 알아, 근데 다르지 않아. 나 길 잃은 거 아니야. 난 바로 내가 만든 자리에 있어, 나는 말했다, *오, 애야, 아니란다,* 그는 말했다, 엄마, 쉿. 상관없어. 새 학교야. 내 마지막 기회야. 그 기회를 잡을 거야.

인생은 드럼 앤 베이스가 전부가 아니다. 인생은 취해서 흥청거리는 게 전부가 아니다.

그는 자갈길을 가로질러 피크닉 테이블로 걸어가면서 시리얼 씹는 소리 같은 발소리를 와삭와삭 네 번 낸다.

네가 자리를 너무 많이 차지하는 것 같아.

그리고 그게 있다.

현혹적인, 새까맣고 매끄러운, 조용한, 그 알 수 없는 무게를 편안하게 받아들이는.

연못.

오리 똥. 비둘기 똥. 엉겅퀴. 디젤 연료. 앙상한 물푸레나무.
쐐기풀. 빨간 '위험' 표시가 있는 베테랑 오크나무.
간신히 버티는 버드나무. 낡은 밧줄. 맥주 여섯 개들이
플라스틱 고리. 검은 비닐봉지에 든 단단하게 마른 개똥.
개구리밥. 비어 있는 파란색 리즐라 담뱃갑. 외양간올빼미
토사물. 물티슈. 부들레야. 질경이. 세이프웨이 마트 봉지.
포스터스 맥주 캔. 담배꽁초. 메도스위트. 하지만 샤이가
보는 건 검은 연못의 평평한 수면에 현실보다 더 선명하게
비친 밤의 모습이다.

그는 피크닉 테이블에 앉아 벤치에 발을 올린다.

헤드폰을 쓰고 플레이 버튼을 누른다.

후드 속에 숨어 브레이크와 베이스라인, 속사포 랩으로
이루어진 완벽한 세상으로 들어간다. 붕 뜬다.

그는 몸을 뒤로 젖혀 배낭의 무게를 테이블에 맡긴다.
안도의 신음이 새어 나온다.

달은 구름 뒤에 숨어 있다. 연못 주변의 밤은 밀도가
다르다.

그는 한쪽 다리를 뻗고 주머니에서 담뱃갑을 꺼내
마리화나를 뺀 다음 담뱃갑은 구겨서 땅에 던진다.
원뿔형으로 잘 말아놓은 마리화나를 두 손가락으로
매끈하게 매만진다. 꼬아놓은 끄트머리를 이로 물어뜯어
뱉은 다음 불을 붙인다.

너무, 너무 좋다. 진한 연기를 입에 가득 물고 굴리며 맛을
음미한 다음, 코로 뱀처럼 꿈틀꿈틀 천천히 올려 보내고,
가운데가 빈 도넛 모양으로 내뿜는다, 다시 크게 한 모금
깊이 빨아들이고 입술을 오므려 희뿌연 밤하늘에 허파만
한 구름을 부드럽게 부르르르 뿜어내고는 마리화나를
손끝으로 들고 자신의 가슴 높이에서 타오르는 친근한
등대 혹은 체리 같은 불빛을 바라보며 진심을 다해
말한다: 사랑해, 하지만 음악이 너무 커서 자신의 목소리는
들리지 않는다. *흐름을 타*. 만약 흐름이 있다면 불고
싶다. *느낌을 표현해 봐*. 평소엔 이 믹스의 MC가 너무
수다스럽고 멘트도 너무 반복적이라 좀 거슬렸는데
오늘 밤엔 MC와 함께 있어서 좋다. *좋아 좋아 좋아, 이
도시에서, 도시에서, 지금 춤을 춰 몸을 움직여*. 그는 엄지로
라이터를 켜서 위로 들어 올리며 미소 짓는다. *나를 믿어,
나를 믿어, 계속 가자구*.

고개를 끄덕이며 몸을 흔든다. 고개를 숙였다가

까딱거리고 왼쪽으로 돌려 연못을 훑어본다. 오른쪽으로 돌려 밤을 향해 끄덕인다. 가슴이 따뜻하고, 머릿속은 환하다. 후드에 손을 집어넣어 헤드폰을 귀에 꼭 누르고, 두 팔을 활짝 벌린 채 하늘을 올려다본다. 2배속으로 몸을 흔들다가 머리가 무릎에 닿기 직전까지 몸을 웅크리자 테이블 위의 배낭이 들린다. 그다음엔 170BPM으로 테니스 경기를 보듯 머리를 왼쪽 오른쪽 왼쪽 오른쪽으로 돌린다. 다시 똑바로 앉아 마리화나로 허공을 찌르다가, 양손으로 작은 총 모양을 만들어 연신 앞쪽 땅을 겨눈다. 그리고 이번에는 절반 속도로 고개를 끄덕이며 어깨를 돌리고, 그다음엔 오른손을 들어 허공을 휘젓듯 원을 그린다. 이윽고 돌이 든 배낭에 몸을 기대며 활짝 웃는다.

그는 라이터를 들어 올린다.

라이터어어어어

그는 마리화나를 끝까지 피운다. 눈을 감고 마지막으로 입술에 닿는 달콤하고 진득한 대마 찌꺼기의 뜨거운 맛을 즐긴다. 최고다. 대마 꽁초를 입에서 뺀 다음 똑바로 앉아 휙 던진다.

벤치에서 내려와 찡그린 얼굴로 하늘을 본다. 미소 지으며 말한다, 그래, 친구.

그는 배낭의 무게에 다시금 놀란다, 하마터면 뒤로 넘어져 벤치에 주저앉을 뻔했다. 비틀거리며 웃는다. 어깨에 퍼지는 통증이 격렬하지만 그는 황홀하다, 아찔한 기분으로 환하게 웃고 있다. 음악에 맞춰 제자리걸음을 하지만 겨우 몇 초밖에 못 버틴다. 대충 걷는 것조차 힘에 부친다. 부싯돌이 그를 짓누르고 있다.

그는 후드를 벗고 헤드폰을 벗는다.

스톱 버튼을 누른다.

세상은 무서우리만큼 텅 비어 있고 조용하다.

귀가 시리다.

그는 헤드폰 줄로 워크맨을 몇 바퀴 감아 작은 카세트 뚜껑이 열리지 않게 단단히 고정한다. 워크맨에 입을 맞추고 오리지널 정글리스트 매시브*라고 말한다. 그걸

피크닉 테이블에 내려놓고 두 번 톡톡 두드린 뒤 말한다:
고마워.

그는 집 쪽을 올려다보려고 고개를 돌리다가 바로
정면에서 바스락거리는 소리를 듣는데, 마른 잎 스치는
소리 아니면 발을 질질 끌며 걷는 소리다, 하지만 눈에
보이는 건 길과 울타리, 그리고 아래쪽 들판뿐이다. 커다란
동물이나 조심스러운 사람일 수 있다. 울타리 안이나
그 뒤쪽 들판에 숨어서 그를 지켜보는 사람이 있을지도
모른다. 아까 갈아엎은 밭에 누워 있는 누군가를 그냥
지나친 건지도 모른다, 들판의 어둠으로 위장하거나
울타리 그림자 속에 웅크리고 있거나 나무 뒤에 숨은
검은 형체. 모종의 불건전한 밤일을 하러 나온 사람이거나
이상한 행동을 하는 시골 괴짜일 수도 있다. 고개를
돌려 연못 쪽을 바라보자 그 느낌은 희미해진다. 집
쪽을 돌아볼 때만 걱정이 되기에 자리에서 일어나 그냥
궁금증을 흘려보내며 앞으로 걸음을 옮긴다.

베이스라인을 흥얼거리며 연못 가장자리 쪽으로
걸어가는데 되감기를 하고픈 욕구가 깜빡거린다,
끼이이익 소리와 함께 후진하여 들판을 지나 침대로,

♦ 정글 음악 MC들의 전형적인 구호로 '원조 정글 음악 가족 여러
분'이라는 뜻.

꿈속으로, 스티브와 어맨다와 친구들에게로, 시험공부와
토요일 아침의 롤빵, 믹스테이프 만들기, 그리고 베개,
이불, 그리고… 발이 물속에 들어갔다.

봄 봄 보바봄 – 보바봄
봄 봄 보바봄 – 보바봄

우와.

물이 차갑다.

이크.

마리화나에 취해 몽롱하다.

그는 철망을 씌운 널빤지를 내려가 탁한 얕은 물로
들어선다. 바닥은 단단하지만 미끄럽다. 발을 끌며 앞으로
나아가자 운동화와 양말이 금세 흠뻑 젖는다. 무릎까지
물이 차오를 때쯤 바닥이 조금 물러진다. 그가 일으킨
잔물결이 고요하게 퍼져 나간다. 꽥꽥 소리도, 날갯짓도
없다. 연못은 잠들어 있다. 이제 발밑이 질퍽거린다.
청바지가 묵직하다. 물은 생각보다 차갑진 않지만, 그래도
씨발 엄청 춥다.

물속에서 걸음을 옮길 때 몸에서 물이 주르륵 흘러 찰박찰박 떨어지는 소리가 난다.

이제 허리까지 물에 잠겼다.

연못 바닥에 있는 수초인지 뭔지가 발에 걸려서 발을 더 높이 들어 첨벙거리며 앞으로 나아간다. 양손은 아래로 내려뜨린 채 끌고 가며, 더들 도어에서 물이 얼마나 차가웠는지 기억을 떠올린다. 마지막 입수. 라스트 찬스 여름 소풍이었는데 얌전히 행동하지 않으면 바로 버스를 타고 돌아갈 거라고 했다. 금연, 절벽 다이빙 금지, 현지인 놀라게 하지 말 것. 그는 허리까지 물에 잠기자 더 이상 들어가지 못했고 다른 애들이 그의 조심스러운 까치걸음과 앙상한 몸, 극도로 창백한 피부를 보고 소리치며 웃어댔다. *샤이는 시체 몸이야. 샤이는 너무 하얘서 빛이 나!* 웃고, 헐떡이고, 끌려가고, 물속에 처박히고. 행복한 하루였다. 물속에 너무 오래 있어서 손가락이 쭈글쭈글해졌다. 샤이의 어깨에는 자기가 직접 선크림을 발라서 얼룩진 손자국이 남았다.

연못은 더 깊어지지 않는다. 액체의 살랑거림, 주르륵 흘러내리는 물방울, 한 걸음 한 걸음, 모든 것이 암청색, 선명하고 반들거린다, 다시 달이 보이고, 생각은 온통 뒤엉킨 채 느리게 흐른다. 수면에 비친 나무들은 그가 지금껏 본 나무들 중 제일 깔끔하다. 아무도 마을 밖의 밤이 이렇다는 걸 그에게 말해주지 않았다. 완전히 평평하지만 선명하다. 훌쩍이는 고요. 아이들에게 이런 걸 알려줘야 한다. 그들에게 밤은 마치 우주 같다고 말해줘야 한다.

그는 거의 연못 한가운데, 작은 오리 섬 근처에 와 있다. 자신의 침입이 만든 둥근 파문이 조용히 퍼져나가는 것이 보인다.

몽롱한 반복적인 생각들이 머리를 어지럽히고, 연못에서는 정액의 흙탕물 사촌 같은 냄새가 난다. 거위 똥, 쇠, 그리고 농장 마당의 곰팡내.

그는 피크닉 테이블과 집, 그리고 삶을 향해 고개를 돌린다. 한숨을 쉬고 무릎을 꿇는다. 부드럽고 기분 좋다. 어깨, 목, 머리만 수면 위로 나와 있다. 잔물결이 그에게서 조용히 물러난다.

그는 몸을 앞으로 숙여 턱을 물에 담그고 연못의 매끈한 표면 너머를 바라본다. 입술은 꼭 다문 채. 심장은 너무 빨리 뛰고, 눈을 감으려는 순간, 그것들을 본다.

저쪽 갈대 근처.

그는 잠시 눈을 감는다, 눈꺼풀 안쪽에 그들의 형체가 판독 불가능한 네거티브 필름처럼 새겨진다. 그가 이해하는 세상과 이해하지 못하는 세상 사이의 보이지 않는 지점, 연못의 지평선 위.

두 개의 형체.

그는 눈을 뜨고 똑바로 선다. 물결이 수면을 어지럽힌다.

아앗. 배낭. 모든 게 물기를 잔뜩 머금었다.

그가 연못에 들어올 때 지난 널빤지 구간에서 조금 떨어진, 풀과 부들로 이루어진 커다랗고 삐죽삐죽한 덤불 너머. 두… 사물.

그는 한동안 가만히 서서 지켜보며 그것들이 움직이기를, 자신의 뇌가 대체 저것들이 뭔지에 대해 무슨 설명이라도 내놓기를 기다린다.

자신의 숨소리가 크게 들린다. 그는 기다린다. 뭔지 몰라도 그것들은 움직임이 없다.

그러다 살짝 움직인다.

물에 떠 있는 것 같다. 그럼 혹시… 그게 뭐더라? 배에 쓰는 분홍색 플라스틱.

으으으, 제발, 생각나라.

부표. 부표인가?

그럴 리 없다. 모양이 둥글지 않다. 울퉁불퉁하다. 크기는 잘 모르겠지만 아마 샤이의 배낭만 하거나 조금 더 클 것이다. 달빛의 농간으로 크기와 높이가 헷갈린다.

그는 고통스러우리만큼 무겁게 몸을 일으켜 확신 없이 첨벙거리며 그것들을 주시한다. 확인하고 싶다. 아무 반응이 없는 것으로 보아 살아 있는 것 같지 않다. 단단해 보이는 게 플라스틱이나 금속 같지만 어디 고정되거나 닻이 내려져 있는 것 같진 않다. 어쩌면 물에 떠다니는 오리집이나 물고기 먹이 장치일 수도 있다. 하지만 둘이 똑같진 않고 하나가 더 작고 납작하다. 광택이 있거나 랩을 씌운 것처럼 달빛 아래서 반짝거린다. 웩. 그는 랩을 싫어한다.

젠장, 욕지거리를 하며 연못 한가운데에서 그것들을 향해 천천히 나아간다.

괴상한 시골 촌구석이라 무슨 농기구 같은 것일 가능성이 크다. 먹이를 주는 도구나 온도 측정기, 아니면 집 뒤 나무에 씌운 로봇 헬멧 같은 것. 어쩌면 무슨 친환경 세제 같은 걸 서서히 풀거나 이끼를 빨아들이는 식으로 연못을 청소하는 건지도 모른다. 뭔가 과학적인 장치.

세상에나, 내가 이렇게 무식하다니 깜놀이군, 샤이는 그런 생각을 거의 즐겁게 한다. 스티브라면 알 거다. 온갖 잡다한 걸 많이도 아니까. 스티브는 정보를 비축하듯 모아둔다.

내가 멍청하게 구는 건가, 하는 의문이 든다. 마리화나에 취해서 헷갈리는 건가? 가까이 다가갈수록 뭔지 더 모르겠다. 그것들은 더욱 정체를 감춘다.

그는 진흙바닥에서 발이 미끄러져 넘어질 뻔한다.

이 **씨발배낭**.

그는 멈춰 서서 그것들이 움직이는지 본다. 감전되거나

경보 같은 걸 울리고 싶진 않다. 낮이었다면 이렇게
살금살금 다가가면서 자신이 보고 있는 게 뭔지 모른다는
공포, 거의 육체적인 고통에 가까운 그 공포에 산똥을
쌀 것 같은 기분을 느끼진 않을 것이다. 밤 탓이다. 밤의
어둠이 모든 걸 가려버리니까. 그는 더 가까이 가서
그것들의 정체를 확인한 후 하하 멍청이처럼 밤에게
속았음을 깨닫는 코믹한 장면의 물에 젖은 슬픈 1인
관객이 되는 상상을 해본다. 마치 매직아이 그림처럼 뇌랑
눈이 함께 작동해야만 한다.

그는 오줌을 눈다. 기분이 좋다. 순간적으로 뜨거운
물주머니의 따뜻함을 느끼지만 그 온기는 금세 사라진다.

3~4미터쯤 남았을 때, 그는 그것이 동물이라는 공포에
찬 확신에 젖는다. 물에 퉁퉁 불은 동물의 몸. 죽은
것이었으면 좋겠다. 하지만 죽었다면 냄새가 날 것이다, 안
그런가? 죽은 것, 특히 야생 동물의 젖은 시체라면 악취가
진동할 것이다. 그렇다면 아마 모형일 거다. 주형. 진짜가
아닐 수도 있다. 페인트가 다 벗겨진 놀이공원 동물 인형.
연못에 버려진.

그는 손등으로 물결을 밀어 보낸다. 그것들에 닿을 때쯤엔
잔물결에 불과하지만 그래도 그것들이 갈대를 등지고

살짝 흔들리게 하기에 충분하다. 그래. 죽었다.

그는 머릿속으로 동물들을 떠올린다. 돼지, 개, 여우, 양. 살진 작은 염소? 젠장. 족제비는 얼마나 크더라? 통통한 새끼 사슴? 수달? 전체적인 형태는 거의 둥글고, 작은 팔, 작은 뒷다리, 약간 돌출된 주둥이. 멧돼지? 『아스테릭스』 만화에 나오는 것 같은? 멧돼지 모형일까? 사냥꾼들이 표적 연습용으로 쓰는? 이제 그는 등이 얼마나 아픈지 야구방망이로 세게 얻어맞은 것 같다.

그는 몸을 돌려 널빤지 쪽으로 첨벙거리며 돌아가 얕은 물가에서 삐쩍 마른 고질라 형상을 한 축 늘어진 모습으로 철벅철벅 걸어 나온다. 팔을 꿈틀거려 배낭끈을 벗자 배낭이 쾅 소리와 함께 땅에 떨어지고 슈욱 몸이 가벼워진다. 파티에서 하는 문틀 묘기♦나 무중력 스턴트처럼, 케타민에 취해 우주를 걸어 다니는 마약중독자처럼, 낄낄 웃는다, 와아, 몸이 막 붕붕 뜬다, 기분이 끝내준다, 너무도 가볍다, 자유롭게 움직이고 구부리고 뻗을 수 있어서 너무 좋다. 그는 깃털처럼 가벼운 다리로 걸어가 부드러운 갈대 같은 부들 줄기를 잡는다. 마치 막대에 꽂은 필리 블런트 시가 같다. 이걸로

♦ 문틀에 양쪽 손등을 붙이고 누르다가 떼면 양팔이 저절로 올라가면서 공중을 나는 듯한 기분을 느끼는 것.

찔러보면 되겠다. 하지만 줄기를 앞으로 내밀자 툭 꺾인다. 그걸 던져버리고 쓸쓸하게 서 있는 버드나무로 가서 길고 가느다란 가지를 하나 고른다. 가지를 꺾기가 힘들다. 뜯고 비틀고 껍질을 벗기고 잡아당겨야 한다. 나무는 법석을 떨며 그를 열받게 만든다. 겨우 가지를 꺾은 후 잔가지도 몇 개 뜯어낸다.

아까 울타리에서 들렸던 바스락거림이 기억난다.

가만히 서서 귀 기울인다.

아무 소리도 없다. 아무도 없다. 그저 자신이 연출한 멍청한 드라마의 어둡고 푸른 무대 위에서 염병을 떨고 있는 그뿐이다.

그는 버드나무 가지를 들고 다시 차갑고 더러운 물로 들어간다. 갈대숲을 돌자 그것들이 보인다. 마치 더러운 욕조 속에 뒤집힌 채로 떠 있는 거대한 고무 장난감처럼 모여 있는 둥글고 고요한 두 형상.

물에 등을 대고 누워 있다.

그는 키가 9미터쯤 되는 거대한 아이가 잠자리에

들었어야 할 밤에 몰래 나와 얕은 물에서 목욕하며 작은 플라스틱 장난감들을 물에 띄우고 노는 광경을 상상한다, *부르르릉, 삐뽀, 삐뽀, 풍덩, 쾅*, 위에서 몸 없는 목소리가 아이에게 이제 씻으라고, 겨드랑이랑 엉덩이도 깨끗이 닦아야 한다고 말한다, 아이는 누군가 다가오는 소리를 듣고 가만히, 아무 움직임 없이 서 있다.

샤이는 물속을 미끄러지듯 걸어 가까이 더 가까이 다가간다.

그것들은 원래 털이 무성했겠지만 대부분 썩어 없어지거나 빠져서 이제는 듬성듬성 남아 있다. 드러난 가죽은 물에 젖은 옆면은 반질반질하고 윗면은 낡은 핸드백처럼 광택이 없다. 작은 발굽이 달려 있는 걸 보니 돼지인 것 같다는 생각이 다시 든다. 어쩌면 도축장에서 쓸모없는 사체 두 구를 불법으로 연못에 버린 건지도 모른다. 둘이 서로 얼굴을 돌리고 있다. 그는 손전등이 있었으면 좋겠다고 생각한다. 제대로 볼 수 없는 게 미치도록 답답하다. 눈이 지독히 피곤하다.

왜 냄새가 안 나는 거지?

그는 나뭇가지를 내밀어 더 큰 것을 쿡 찌른다.

그는 움찔한다. 겁에 질려 몸이 굳었고, 금방이라도 소스라치거나 꽁무니를 뺄 것 같다. 나뭇가지 끝에서 밀폐 용기 같은 탁 소리가 난다. 단단한 껍질을 가진 동물일 리가 없다, 안 그런가? 혹시 아주 오래된 건 아닐까, 미라처럼? 늪 짐승? 그는 이탄에 대해 안다. 근처에 이탄 늪이라도 있는 걸까? 연못 밑 진흙 속에 천 년 동안 갇혀 있다가 갑자기 분출한 걸까? 완전히 말도 안 되는 생각인가? 어맨다 말로는 이 근처에 이국적인 동물을 키우는 별난 부자들이 산다는데 어쩌면 그들이 외국에서 수입한 희귀종 전시용 돼지 두 마리를 연못에 버려 썩어가고 있는 걸 수도 있다. 아니면 돼지들이 사고를 쳐서 주인이 그냥 풀어줬는데 이곳 날씨나 비, 먹잇감 부족으로 인해 살아남지 못했을 수도 있다.

그가 건드린 더 큰 놈이 천천히 돌아서 얼굴을 드러낸다.

꺼져, 안 돼, 안 돼, 샤이가 속삭인다. 얼굴이 시야에 들어오자 달빛을 받은 흰 송곳니와 박제된 으르렁거림이 드러난다. 그 사나움에 묘한 황홀함이 어려 있다.

그는 비틀거리며 조금 물러난다. 가죽이 질기고 팽팽한 게 라쿤이나 수달 같은 종류일 것이다. 아니면 멸종된 거대한 들쥐, 혹은 아주 오래전 연못이나 늪에 살던 알 수 없는 생물체일 수도 있다. 이빨 주변으로 두두룩하게 부풀어 오른 살덩어리 아래는 원래의 모습이 남아 있는 것처럼 보이고, 짙은 털 두 줄이 간신히 보이는데 그 양옆은 옅은 색이다. 문득 자연사박물관에서 벌을 받은 일이 떠오른다. 그가 말썽을 피우기 시작했을 무렵의 사건 가운데 하나인데, 차단선을 넘어가 오카피 등에 올라탔다. 선생님이, *내려와, **당장 내려와**,* 하고 소리쳤다. 그는 반 친구들이 자신을 멋지다고 생각하길 바라면서도 설령 그렇다 해도 그건 잠깐의 얄팍한 동요일 뿐임을 알고 있었고, 오카피를 망가뜨리지 않았으면 하는 뒤늦은 바람도 있었다. 그때 그 동물의 등이 어떤 감촉이었는지 아직도 기억난다. 튼튼하면서도 속이 비어 있었다. 한쪽은 부드럽고 한쪽은 까끌까끌하고 두꺼웠으며 생명과는 아주 거리가 먼, 완전히 죽은 촉감이었다. 하지만 여기서 벌어지는 일은 다르다. 시간이나 물, 햇빛, 혹은 고문 같은 것이 이 정체불명의 부유물에 작용하여 마치 살아 있는 것과 부패한 것 사이의 정확히 중간 지점에서 멈추도록 만든 것 같다. 신조차도 그들에게 살아 있는지 죽었는지 말해줄 수 없고, 어쩌면 그들 자신도 서로에게 살아 있는지 죽었는지 말해줄 수 없을지도 모른다. 그럼에도 그들은 서로를 포기하지 않고 혹시 몰라 곁에 남아 있는 듯하다.

우리가 어디 있었지? 난 뭐였더라?

샤이는 옆으로 퍼지고 빈 눈구멍 쪽으로 당겨진 얼굴을 바라보다가 시선을 내려 으르렁거림 위의 물에 젖은 괴상한 혹을 본다, 주둥이나 코가 있었을 자리, 인간의 코, 성형 수술, 분리 가능한 플라스틱 감자머리 장난감, 금지된 영화들 속 어렴풋이 기억나는 장면들.

더 큰 놈이 작은 놈에게 기대어 멈춰 있다. 둘 다 작은 팔과 다리를 번쩍 들고, 마치 간지럼 태워지는 강아지처럼 연못 위의 보이지 않는 부모를 향해 얼어붙은 채 기다리고 있다. 샤이는 그들의 속이 궁금하다. 손으로 만지거나 들어 올리지 않고는 알 수 없다. 나뭇가지로 찌르면 역겨운 가스를 쉬익 내뿜으며 서로 뒤엉켜 쓰러질까, 아니면 빵 터지면서 묵은 갈색 피나 오줌, 연못 물, 아니면 그 잔뜩 부푼 뱃속에서 출렁이는 다른 뭔가가 그에게 잔뜩 튈까? 그 생각에 입안이 메스꺼운 트림으로 가득 차고 헛구역질이 난다, 신트림, 더러운 연못 물, 북처럼 팽팽한 몸, 오그라든 항문, 담낭, 이빨과 줄무늬가 있는 지나치게 익힌 두껍고 단단한 햄버거 고기… **오소리**.

씨발 알겠다.

마침내!

물에 퉁퉁 불은 오소리 사체.

그는 나뭇가지를 떨어뜨린다.

그는 자신의 양옆 물을 두 번 힘껏 내려치고, 그러자 뒤쪽에서 새 한 마리가 깍깍거리며 하늘로 황급히 날아오른다.

오소리들은 그 자리에 그대로 있다.

그는 젖은 소매로 코를 훔치고 쿵쿵대며 침을 뱉는다.

그러고 그들에게 말을 건다.

너희 부부냐, 뭐냐?

씨이이발, 그는 소매에 대고 투덜댄다. 누가 너희 죽인 거야?

진짜 징그럽다.

그는 숨을 고르고 한숨을 내쉰 뒤 보조개 팬 하늘을 올려다본다. 울퉁불퉁한 덩어리로 응고된 구름이 고집스러운 달빛의 역광을 받고 있다.

너희 여기서 뭐 하고 있는 거야? 팅팅 불어서, 물에 떠서. 무슨 일이야?

그는 어린 목소리로 오소리들에게 부드럽게 말을 건다. 허세도, 억지 사투리도, 가식도 없이, 예전에, 그러니까 엄마와 걸핏하면 싸우게 되기 전에 엄마와 이야기할 때처럼. 알아볼 수 없을 지경이 된 두 구의 사체와 함께 있는 겁먹은 소년.

누가 너희한테 무슨 짓을 한 거야? 사람이 그랬어? 너희 어떻게 죽은 거야?

그는 자신의 몸을 끌어안는다. 더듬거리며, 훌쩍이며.

웩. 너희 털은 다 어디로 간 거야?

"나, 길고 어두운 터널에 있었어." 그는 슬프게 말한다. 그 곡 알아? 밸리 오브 섀도? 내 장례식 때 그 곡을 틀어줬으면 좋겠어.

"길고   어두운   터널에 있다고 느꼈어." 그가 다시 말한다.

샘플이야. 내가 제일 좋아하는 곡 중 하나에 들어 있는.

아니, 오소리들은 그 곡을 모른다. 그는 신음하듯 훌쩍이며 고개를 떨군다. 콧물 범벅. 반쯤 침몰. 혼란.

그래도 그들은 둘이 함께 있다. 어쩌면 같은 병에 걸려 죽었거나, 그들이 오소리로서 감내해야만 했던 모종의 고통에 종지부를 찍기 위해 함께 여기로 왔을지도 모른다.

그는 거대한 슬픔에 짓눌린다.

지독하게 슬프다.

거의 황홀할 지경으로 슬프다.

그는 천천히 물에서 걸어 나온다. 철벅철벅, 첨벙첨벙 배낭 쪽으로 가서 다시 등에 멘다.

워크맨을 집어 들고 자신의 몸에서 떨어지는 물방울에 젖지 않게 손바닥 위에 올려놓고 걷는다.

갈대 반대편으로 가서 오소리들을 확인한다. 거기 그대로 있다.

그는 길을 건너 집 쪽으로 다시 올라간다.

그에게서 연못 냄새가 풍긴다. 모든 것에서 연못 냄새가 난다. 그는 미생물들 속으로 코를 박고 들어갈 수 있을 것만 같다. 흙을 품은, 꿈틀거리는, 초록빛으로 자라는, 액체의 악취, 뉴트와 새싹들, 진흙과 과일의 향, 그는 걸음을 옮기며 마른 잎과 바스락거리는 것들 냄새, 갈색의 기름진 냄새, 좋은 부패의 냄새, 깊고 습하고 진득한 약초 쥐며느리 버섯 냄새를 거두어들인다, 변해가는 것들, 물에 젖은 십 대가 와서 냄새를 맡건 말건 여전히 이런 냄새를 풍겼을 것. 그는 온통 감각 덩어리가 된다. 생각은 전혀 없고 오로지 냄새와 그림자와 망가진 운동화, 철벅거리며 걸어가는 깨어 있으면서도 잠든 섬뜩한 존재만이 있을 뿐이다.

가까이에서 깍깍거리는 소리, 조용히 개골거리는 소리가 들린다. 위 아니면 아래에서. 다른 무언가가 안달하고 있다. 무언가가 퍼덕거린다. 구구, 구구, 소리도 들린다. 모든 게 지금 벌어지고 있는 일들이다. 그는 자신의 감각이 또렷해지는 걸 알아차리지 못한다. 오소리들 때문에 머리 퓨즈가 나갔거나 아니면 그저 지치고 미쳐버린 건지도 모른다. 그는 땅이 갑자기 꺼지거나 튀어나온 곳에서 마치 도로 경계석에 걸려 비틀거리는 취객처럼 균형을 잃고 휘청인다. 터질 것 같은 공허감 속에서 터벅터벅 걸어간다.

그는 밤의 끝이라는 언어를 배울 수 있다. 실내에 익숙한 동공이 끝없이 넓어지도록 훈련시켜 밤을 마셔버릴 수 있다.

기이하고 어지러운 깨어남. 풀려남.

그는 심호흡을 하면서 밤의 깨끗하고 소화 가능한 공기를 마신다. 밤이 몸속에 닿는 걸 느낀다.

그는 제니가 시작할 때 늘 하는 질문을 스스로에게 던진다.

이번 주에는 샤이에게 무슨 일이 있었을까?

음, 연못에 내려갔어요. 오소리들이 있었고… 음, 지금은 돌아가는 중이에요. 집으로.

그것에 대해 어떤 기분이 들어? 밤에 대해서는?

음.

천천히 말해도 돼.

좀 외로운 기분이에요. 제니, 솔직히 말하면, 좀 당황스럽고 슬퍼요. 좀 무섭기도 하고.

오, 샤이, 그는 제니의 부드러운 목소리로 말한다. 운이 없었네.

그는 그 오소리들에게 무슨 일이 있었던 건지 알고 싶다. 누군가가 설명해 주었으면 좋겠다.

담배 생각이 간절하다. 잠옷으로 갈아입고 자고 싶다.

너무, 너무 피곤하다.

감정의 기복에서 벗어나고 싶다. 정신을 멈추고 싶다. 완전히 꺼버리고 싶다. 며칠이고 꿈도 없이 자고 싶다. 어서 열여덟 살이 되어 주류판매점에 가서 캡틴 모건 럼주 한 병과 담배 한 갑을 산 다음 어딘가에 혼자 앉아 아무 생각도 안 하고 싶다.

엄마가 차로 하비스터 레스토랑에 데려가 무제한 뷔페와 무한 리필 콜라, 무한 리필 아이스크림을 사줬으면 좋겠다. 특별한 행사나 생일 축하 같은 부담 없이 그냥. 단둘이.

배낭을 내려놓고 싶다.

팔에 V 레코딩스 로고 문신을 새기고 싶다.

반숙 달걀에 찍어 먹는 마마이트 토스트가 먹고 싶다.

테크닉스 턴테이블을 갖고 싶다.

차를 갖고 싶다.

여자친구가 주말에 찾아와 오후 내내 함께 있어주고 입술에 딸기 립밤 맛을 전해줬으면 좋겠다.

해적 라디오 채널을 듣고 싶지만 지금 그는 비행 청소년들을 위한 학교로 개조된 외딴 시골의 이 구닥다리 낡은 저택에 살고 있다.

키가 더 컸으면 좋겠다.

수염도 났으면 좋겠다.

새들이 노래를 시작했고, 밤의 어둠에 묻혀 있던 나무와 덤불들이 하나씩 모습을 드러내고 있다.

복권에 당첨돼서 이 집을 스티브와 직원들에게 사주어 그들이 계속해서 라스트 찬스를 운영하게 하고 싶다. 1층 벽을 터서 스튜디오로 만들고, 사물함 자리에 스피커 벽을 세우고 싶다.

동트기 직전의 어둠 속에서 창백하고 으스스하게 보이는 집, 심술궂은 역사 덩어리처럼 정원에 구부정하게 서 있다.

샤이는 훌쩍이며 아래쪽 잔디밭을 건너 하하를 향해 터벅터벅 걸어 올라간다.

하늘이 밝아오면서 분홍빛 감도는 부드러운 온기로
물든다. 저녁때와 다를 바 없어서, 사이는 아늑하고
환영받는 기분이 든다. 열 살 때 엄마와 이언의 친구들이
놀러 와서 늦게까지 깨어 있을 수 있었던 날, 파자마
바람으로 정원에 나갈 수도 있고 이언의 맥주를 한 모금
마셔볼 수도 있었던 그때처럼.

집의 돌벽이 살아난다. 버터 색깔로 빛나는 석판들,
깔끔하게 잘린 선, 멋진 조각장식이 들어간 창문과
특별한 굴뚝들. 이 집을 지은 건축가에 대해 배웠고,
유령 이야기와 왕이 방문한 이야기도 들었지만, 아니
세상에 돌을 어쩜 저렇게 깔끔하게 잘라서, 쌓고, 곡선을
만들고, 조각하여 수백 년 동안 튼튼하게 유지하는 걸까?
어떻게 저리 단단하게 붙인 걸까? 그는 꼭 알아내고 싶다.
혹시라도 외계인에게 납치된다면, 지금 우주선이 잔디밭에
조용히 착륙하여 그를 빨아들인다면, 외계인들의 기본적인
질문에 어떻게 대응할까? 그는 실망스러운 꼴을 보일
것이다. 외계인들은 그에게, *우리에게 불을 보여달라, 전기,
폭탄, 팩스, 비행기의 비밀을 알려달라,* 고 말할 것이다.
그는 추측으로만 대답할 수 있고, 기억을 더듬느라 애쓸
것이다. 내가 사랑하는 음악에 대해선 말해줄 수 있어,
그게 어떻게 생겨났는지, 애시드 하우스, 하드코어,
댄스홀, 힙합에 대해서는 얘기할 수 있어, 하지만

외계인들은 그를 우주선 밖으로 밀어낼 거고, 그는 물에
젖은 몸으로 철퍼덕 소리를 내며 잔디밭에 떨어질 것이다,
아무 쓸모도 없이 자리만 차지하는 한심한 놈.

외계인들은 이렇게 말하겠지, *정말 이상해, 저들 중 일부는
아무 지식도 없어.*

그는 하하를 기어 넘어가서 옆으로 드러눕는다. 워크맨은
잔디밭에 내려놓는다. 배낭끈에서 팔을 빼고 몸을 굴려
바닥에 등을 대고 큰대자로 누워 밝아오는 새벽빛 속에서
몸을 떤다.

그는 갈대숲 근처에서 서로 살짝 닿았다가 떨어졌다
하며 둥둥 떠다니는 오소리들을 생각한다. 잠에서 깨어난
그들이 어설프게 연못 밖으로 기어 나와 그의 냄새를
따라 종종걸음으로 아장아장 쫓아오는 모습을 상상한다.
쪼그라들고 가죽이 드러난 다리로 뒤뚱거리며 걷기가
쉽지 않다. 두툼한 죽은 발톱은 썩어서 바스러지고
유통기한이 지났으며 수염도 오래전에 사라졌지만,
썩었어도 결연하게, 젖은 인간의 냄새를 따라 들판을
가로질러, 어이, 샤이, 기다려, 울타리 틈새를 지나, 자,
우리 일하러 가자, 아래쪽 정원을 건너, 저기 있다, 저기
잔디밭에서 자고 있네, 하지만 이 벽은 못 넘겠어.

이봐, 샤이? 이 벽은 못 넘겠어.

그건 하하야. 그렇게들 부르지. 바로 이런 걸 막으려고 만든 거야.

그가 손을 내밀어 그들을 들어 올려야 한다. 몸과 다리는 잔디 위에 둔 채 얼굴이 붉어지도록 팔을 길게 뻗어 그들을 위로 올려주어야 한다. 그들은 무겁진 않을 것이다. 그들의 끔찍한 몰골을 용서하리라. 잔뜩 부풀어 오른 핼러윈의 지옥 강아지 두 마리, 물에 불고 가스 찬 시체 한 쌍, 그는 그들을 잔디 위에 올려줄 거고 그들은 그의 옆에 누워 으르렁거림이 박제된 얼굴을 하늘로 향하고 웃을 것이다, 흐릿한 베이지 빛에서 맑은 파란색으로 변해가는 하늘을 바라보고, 숨쉬고, 바라보고, 그와 함께 있을 것이다.

아, 이제 한결 낫네. 고마워, 샤이.

그는 미소 지으며 담배 한 갑 있었으면 좋겠다고 생각한다.

난 아침에 피우는 담배가 좋아. 최고지. 근데 너희 냄새난다.

이런, 미안해, 샤이.

온몸이 흠뻑 젖은 채 연못 냄새를 풍기며 젖은 잔디에 누워 있으려니 너무 춥다. 이러다 폐렴에 걸릴 것이다. 상관없다.

그는 자신이 오소리들을 대신하여 내는 가상의 목소리가 마음에 든다. 큰 오소리는 비음 섞인 느끼한 목소리로 말하는데, 약한 소년을 강한 남자로 키워내는 것이 본인의 사명이라는 말을 입에 달고 살던 예전 학교 교장과 조금 비슷하다. 작은 오소리는 미안해하는 듯한 소심한 목소리를 내고, 엄마의 다정하면서도 신경을 긁는 말투를 닮았다.

우린 원래 낮에 돌아다니면 안 돼. 하지만 여기, 집 근처로 올라오니 참 좋아, 작은 오소리가 말한다.

우린 연못을 떠나선 안 되는 거였어, 큰 오소리가 말한다.
젠장, 샤이는 그러면서 자신의 괴상한 망상에 웃음을 터뜨린다.
어쩌면 우린 노른인지도 몰라, 샤이. 기억나? 그 괴상한 자매들?

몸이 걷잡을 수 없이 와들와들 떨린다.

어쩌면 우린 21세기에서 온 스파이고 너에게 이런 말을 해줄 수도 있지, 잠깐, 꼬마야, 이건 꼭 봐야 해. 믿을 수 없을 만큼 멋진 음악이 나올 거야.

그는 일어나 앉아서 집을 바라보며 팔을 문지른다. 그들은 모두 집에 있다. 편안하고 물에 젖지 않은 상태로.

샤이는 자고 있는 아이들에게 평온함과 따뜻함을 느낀다. 그것이 착각이고 밤의 증상이자 마리화나의 약발, 연못, 피로 때문이라는 걸 알지만, 주마등처럼 스쳐 가는 학대와 폭력, 잔혹함의 기억을 넘어 그들은 이제 확실히 그의 친구들이다. 그는 캘과 내년 여름에 페스티벌에 갈 계획이다. 베니와는 레이블을 만들고 싶다. 이름은 아토믹 베이스 레코딩스. 로고는 버섯구름에, 스티커 가운데에는 빙글빙글 도는 폭발. 그들은 이미 몇 가지 스케치를 해뒀다.

이 집이 고급 아파트가 되는 게 상상이 안 가, 샤이가 오소리들에게 말한다.

아니 넌 상상할 수 있어. 당연히 할 수 있지.

닫힌 문 안쪽의 분주한 삶들. 오래된 집이 최첨단의 새 공간으로 바뀌는 거지. 여러 개로 나뉜.

샤이는 미소 짓는다. 어쩌면 내일 엄마에게 전화를 걸지도 모른다. 아니, 오늘. 오늘 엄마에게 전화해야겠다.

마땅히 그래야지, 커다란 오소리가 말한다.

그는 너무 졸리다.

동이 트고 있다. 집은 부드러운 오렌지빛이고, 낮은 하늘은 분홍 솜으로 불룩하다. 그의 머리 위로는 푸른 광활함이 펼쳐져 있다.

아름다워, 작은 오소리가 말한다.

샤이는 잔디에 모로 누운 다음 몸을 웅크려 정지 상태에 들어가며 눈을 감는다.

오소리들이 샤이에게 그 자신을 보여준다, 그는 자기 방에서 자고 있고, 다른 존재가 그를 지켜본다, 그 방이 더 넓었을 때, 가벽을 세워 방 하나를 셋으로 쪼개기 전, 더 폭넓은 꿈을 꾸던 60년대에, 이브라는 소녀로 깨어난다, 그녀는 부유한 삼촌과 숙모와 함께 살았지만, 그들은 그녀에게 다가갈 수 없었고, 애초에 다가가려 하지도 않았으며, 그녀는 우울 속으로 더 깊이, 더 고집스럽게 파고들었다, 무시무시한 악몽과 씨름했고, 잠든 샤이를 지켜보았다, 푸른 악마들과 여러 차례의 깨어남, 다락방에서 들려오는 비명, 늙은 자신의 모습을 한 기이한 환영, 경고를 손사래 쳐 거부하고, 침대 위 나무 들보에 자기 이름을 새기고, 자신을 숨기려 거친 니트 스웨터를 입었으며, 해외에 있는 부모에게 어색한 전화를 걸었다, 목소리뿐인 존재들, 고루한 도덕성과 숨 막히는 태도를 지닌 낯선 이들, 샤이는 그녀의 머릿속이 편안하다, 분노에 찬 동행, 음울한 내면의 중얼거림, 그녀가 자신의 허벅지를 그어서 낸 작은 상처들, 들어가도 돼? 조심스러운 노크, 기억의 문을, 그녀의 발바닥을, 그러기만 했단 봐, 그만 일어나, 이브, 그녀의 팔뚝 안쪽 연약한 살에 난 똑같은 모양의 작은 상처들, 잠에서 깨자 시트로 만든 얼굴을 가진 남자가 손을 그녀의 목구멍에, 웅크린 두 다리 사이에 쑤셔 넣고, 그녀는 고통스러운 비명을 내지르며 춥고 어두운 집에서 깨어난다, 다락방에서 여자의 비명이

들리고, 매정한 벽 속에서 중얼거리는 소년, 청하지
않은 유령들, 훔친 담배, 우리 딸은 분명 정신이상이야,
요동치는 기묘한 분노, 가슴이 쿵 내려앉는 낙담, 다루기
힘든 나이, 실패, 할머니가 부끄러워할 일, 아무 말 없는
마른 입, 이브에겐 어느 방향에서도 의미가 없는 무의미의
파노라마, 샤이는 베낀 존재가 된 기분을 느낀다, 옆으로
밀쳐진 것 같다, 상대적으로 엉성하고, 진짜 계획도 없고,
반면 그녀는 갑자기 깔끔하면서도 상처를 남기는 떠남에
대한 단호한 야망을 품었고 그는 그것을 느낀다, 그녀의
머릿속에서 자라나고 형태를 잡아가는 그 생각은 그녀의
문제에 대한 유일한 해답처럼 보인다, 이브는 충격적인
장면에 집착한다, 더 이상 그녀의 문제가 되지 않을 육체,
어머니를 때리고, 자신을 벗긴다, 가문의 명예에 먹칠하고,
부모에게 잊을 수 없는 그림엽서를 보낸다, 연못, 아무도
입에 올리지 않는 금기의 존재가 된 수치스러운 딸,
편지와 속닥거림, 벽으로 둘러싸인 정원에 심은 장미 덤불,
성경 속 범죄에 관한 구절, 어리석은 장수長壽 숭배에 대한
조롱, 쿵, 탁, 헐떡거림 후에 사라지는 꿈들, 화이트아웃,
쩍, 꽝 그리고 죽음, 버드나무의 꿈으로만 남은,
나뭇가지와 땅 사이의 틈에 있는 이브, 불멸, 해방, 그녀의
머리에서 벗어나 아찔한 저녁 런던에 있고 싶은 순간적인
갈망으로 파고든다, 삼촌의 담배를 훔치고, 같은 몸 속의
다른 사람이 되어 응접실에서 진을 병째 들이켜며, 노래를

부르는, 어두운 밖에서 안을 들여다보는, 정체 모를
아무나, 그녀의 이마에는 샤이처럼 뭐가 났다, 여드름, 톱
오브 더 팝스◆ 흉내, 혼잣말로 중얼거리는 롤링 스톤스
노래 가사, 학교에서 여학생들 사이에서 방황하는 그녀,
머릿속의 괴롭힘, 사감의 친절, 이 진을 다 마셔버린 후
시퍼런 시체로 연못가에서 생각을 멈춘 채 흔들리는 것,
그녀는 그런 계획을 세운다, 밤이면 밤마다, 음모를 꾸밀
때면 덜 외롭다, 보름달이 뜨기를 기다렸다가, 정원사에게
훔친 밧줄이 침대 밑에 영화 필름처럼 감겨 있다, 아빠가
개작한 M. R. 제임스의 유령 이야기를 이브가 만든
공포로 대체한다, 떠나버린 그들에게 마땅한 벌이다,
그들을 그리워한 자신에게도 마땅한 벌이다, 무더운
날이면 버드나무 가지에 생기 없이 앉아 있곤 했는데
바로 그 나무에서 끝없는 불안을 벗어던지는 것이다,
자신의 생각들이 고자질하는 걸, 목소리들을 듣는 걸, 깨어
있기를 두려워하는 걸, 잠들기를 두려워하는 걸 멈추기를
거기서 기다린다, 이브의 방이었던, 한때 샤이가 살기도
했던 방에서 몰래 빠져나온다, 마룻바닥이 삐걱거리며
불평하고, 돌계단은 그녀의 이름을 속삭인다, 온실 창으로
빠져나온다, 가방은 미리 싸두었다, 민첩한 이브, 날쌘
이브, 하하 벽돌담을 뛰어넘어, 잔디밭을 달려 내려가,

◆ BBC 팝음악 차트 프로그램.

아래쪽 정원으로 들어간다. 그녀에게 밤의 모험은 낯설지 않다. 배낭을 메지 않아서 더 가볍게 달린다. 샤이보다 더 높이, 샤이보다 더 날카롭게, 생각도 더 또렷하고 정확하다. 샤이보다 더 화가 나 있다. 샤이는 그걸 느끼고 충격을 받는다. 교훈이자 맛보기. 이브는 아래 울타리의 메아리를 가르며 서둘러 달린다. 버드나무에 기어올라 계획을 실행한다. 단호하고 살벌하게. 해군의 냉혹함을 지닌 아버지에게 매듭 묶는 법을 배운 덕에 나뭇가지에 밧줄을 팽팽히 걸쳐 묶는다. 아이에게 기술을 가르쳐주는 것도 애정 표현이다. 샤이는 이언이 DIY를 통해 마음을 전하려고 애쓰던 기억이 떠올라 마음이 아파온다. 기괴하게 밝은 밤, 모든 것이 고요하다. 버드나무의 갈라진 단단한 팔에 걸터앉아 휘발유 냄새가 밴 밧줄의 가시 같은 거친 촉감을 즐긴다. 그러다 이브는 오소리 두 마리가 나무를 향해 걸어오는 걸 보는데 샤이가 꿈에서 만나 연못에서 불러낸 오소리들이다. 하나는 크고 다른 하나는 작다. 실제 동물이면서도 비현실적으로 부드럽고 아름다우며 동화책에 나오는 것처럼 매혹적이다. 위에서 내려다보니 크고 살아 있는 모습인 게, 마치 다른 사람의 이야기가 그녀의 이야기 속으로 미끄러져 들어오거나 기억난 것처럼 보인다. 나무 위의 이브는 기이한 공연을 내려다본다. 인간의 시선에서 살짝 떨어져서, 광각으로, 불가능한 관점에서, 놀라지 않고, 30년의 주름 안에서

모두가 좋은 관계를 맺고 있다, 이상한 목격자들,
물론 우리는 알지 못하는 언어를 말한다, 물론 우리는
오소리의 말을 하고, 상심의 말을 한다, 그들은 마치
양치기 개처럼 그녀 아래에 옹송그리고 킁킁 냄새 맡고
빤히 본다, 그러더니 그녀에게 소리친다, 안녕 이브,
오늘 밤은 아니야, 아직은, 샤이를 봐, 이브는 밧줄을
펄럭이고, 손뼉을 치고, 나무를 탁탁 때린다, 그리고
이렇게 말한다, 꺼져어어, 휘이, 가버려, 그녀가 묻는다,
샤이라니 누구? 그녀는 자면서 웃다가 깬다, 하지만
오소리들은 그대로 남아, 그녀의 세계―나무 밑에서
죽치며 앞으로 몇 년 안에 찾아올 그녀가 놓쳐서는 안
될 것들에 대해 이야기한다, 70년대, 다가올 음악, 사랑,
책들, 잘 맞지도 않고 감시당하는 몸을 초월한 자유로운
움직임, 삶의 확장, 샤이는 오소리들의 우스꽝스러운
목소리에 웃음을 터뜨린다, 그는 오소리들의 손과
다리가 울퉁불퉁한 버드나무 껍질에 눌리는 걸 느낀다,
그들 발밑의 부드러운 바닥을 느낀다, 오소리로서 찾고
냄새 맡는 감각을 느낀다, 종種의 경계를 넘어 메시지를
전하려 애쓰는 기분을 느낀다, 그건 쉽다, 이 어렵기만
한 세상에서 가장 쉬운 일이다, 이브는 가지 위에 누워서
듣는다, 이상한 밤에 자신을 맡기고, 이런 일은 전에도
어둠 속에서 있었으니까, 직관으로 보이고 반쯤은 전해
받은, 그래서 부분적으로만 그녀의 것인 환영들, 그녀는

뺨을 나무껍질에 대고 연못을 내려다본다, 연못 한가운데
작은 섬 근처에 있는 게 뭔지 알 수는 없지만 소년일지도
모른다, 머리와 어깨만 드러낸 흉상, 물 위에 가만히
떠서 바라보고 있는, 뺨을 잔디에 대고, 뺨을 부드러운
베개에 대고, 목적지와 결심의 자리, 오소리들은 천천히
떠나가며 지금 일어나고 있거나 일어나지 않은 일들에
대해 둘이 이야기한다, 이브는 나뭇가지에서 뒤로 기어
옹이진 줄기까지 내려가서 땅바닥으로 뛰어내리며
발뒤꿈치로 쿵 소리를 낸다, 매달리지 않고 착지한 상태,
그녀는 연못을 빙 둘러 빠르게 달리며 혹시 소년이 물에
빠진 건지 확인하지만 아무도 없다, 시신도, 오소리도,
소년도 없다, 그러나 달리는 게 좋아서 한 바퀴 더 뛴다,
이제 죽지 않았으니 최대한 빨리 달리는 게 낫다, 그를
위해 기억하며, 증기기관 박람회의 좁은 레일을 도는
기차처럼 연못을 돈다, 그러다 방향을 틀어 흙길을 건너
어두운 나무들 사이로 뛰어들고 나무들은 발끈하면서
곤두선다, 다시 집으로 달려간다, 갈아엎은 밭의 진흙에
캔버스화가 푹푹 빠진다, 울타리 틈새를 지나 달린다,
머리에서 거친 숨소리가 울리고, 쿵쾅거리는 생명의
심장, 아래쪽 정원으로 비틀거리며 들어선다, 가시덤불이
우거져 있어 달리기가 어렵다, 발을 헛디딘다, 그런 자신을
보고 웃는다, 미끄러진다, 이런 진흙투성이 바보, 나무
위에 밧줄을 두고 왔다, 섬뜩한 장난, 하지만 그건 내일

걱정할 일, 그녀는 정원을 가로질러 달리다 하하의 평평한 꼭대기에 있는 형체를 본다, 깔끔한 줄무늬를 이룬 밤의 잔디 위, 흑백의 형체, 잔인한 집 아래 너무도 작게 보이는, 그건 동물이다, 그건 시체다, 그건 헐렁한 청바지와 후드티 차림으로 잠든 소년이다, 흠뻑 젖은 채, 덜덜 떨고 있는, 그의 곁에는 배낭이 있다.

그녀는 배낭의 지퍼를 열고 돌을 꺼낸다.

아름답고 울퉁불퉁한 부싯돌 하나.

   그리고 씨발

          너

뭐야

  너

      뭐야

     뭐

대체   *이 꼬마*

        너

뭐 하는   *괴짜야?*

         씨발

씨발 이 꼬마 괴짜야, 너 뭐 하는 거야?

샤이!

눈부신 하늘. 기묘한 누런 불빛.

어이. 이거 좀 봐!

샤이가 일어나 앉자 두루마리 휴지 하나가 옆에 툭 떨어진다. 그다음엔 근처에서 CD 케이스 하나가 깨진다. 또 하나. 그는 주위를 두리번거리다가 열린 창문들을 올려다본다, 자위의 손짓들, 흐릿한 얼굴들, 가운뎃손가락, 고함. 오언이 파티오 문 쪽으로 나왔다. 샤이는 잔디밭을 더듬거리다가 자신이 얼마나 차가운지, 얼마나 죽지 않았는지, 얼마나 춥고 혼란스러운지 깨닫는다, 그는 제대로 볼 수가 없다, 눈이 흐릿하다, 꿈에서 너무 갑자기 끌려 나온 탓이다.

밝음.

야, 병신아!

갈색 사과 심이 그의 가슴에 명중한다.

또라이.

쟤 왜 저렇게 젖었어? 야, 상남자, 너 뭐 하냐?"

그는 일어선다. 갑자기 현기증이 밀려와 약간 비틀거리며 철벅철벅 배낭 쪽으로 간다. 이제 밤이 아니라 눈에 보이는 걸 믿을 수 있다. 그는 배낭 지퍼를 열고 부싯돌을 꺼낸다. 그 부싯돌은 흰 분필 색깔 코트를 걸친 작은 모래쥐 같고, 여기저기 검은 속살이 드러나 있다. 차갑다. 울퉁불퉁하다. 이브의 부싯돌. 그의 손에 꼭 맞는다. 그는 집 쪽으로 몇 걸음 달려가 중앙 온실 창문을 향해 돌을 힘껏 던진다. 온실 창문은 여덟 칸으로 나뉘어 있는데 샤이는 왼쪽 맨 위 칸을 맞히고 창문이 특유의 쨍그랑 소리를 내며 깨진다. 오언은 폭탄을 피해 도망치는 전쟁 영화 엑스트라처럼 머리를 감싸 쥐고 비명을 지르며 어두운 집 안으로 달려 들어간다.

샤이는 다시 배낭으로 가서 다른 부싯돌을 집어 든다. 위층 창가의 아이들이 함성을 지르고 소리치고 욕설을 하고 시끄럽게 웃어댄다. 이번 부싯돌은 기형적인 당근처럼 옹이투성이에 차갑다, 울퉁불퉁한 자지를 손에 쥔 느낌이다. 그는 집으로 조금 더 가까이 달려가 다락방 창문 하나를 향해 던진다. 쨍그랑 파삭 후드득 소리,

아이들의 미친 듯한 웃음소리.

샤이 가이, 씨발 너 뭐 하는 거야?

샤이는 다시 배낭으로 달려가 집 가까이 끌어온다. 부싯돌 두 개를 잡는다. 하나는 크기가 사과만 한 달 모양, 나머지 하나는 팔이 잘린 몸통처럼 생긴 쐐기 모양이다. 하나를 맨 왼쪽 온실 창문에, 나머지 하나는 자기 방일 것 같은 어두운 창문에 던진다. 다시 배낭으로 달려가 보지도 않고 부싯돌을 집어 창문들을 깬다, 위층에는 언더핸드로, 아래층에는 오버핸드로 던진다. 오래된 창들이 크리스털처럼 박살 난다. 17세기 문화재 유리창 깨는 거야 식은 죽 먹기지, 창문 여섯 개, 일곱 개, 이번엔 살짝 열려 있는 오른쪽 끝 창문에 시선을 준다, 아마 욕실일 거다, 여기저기서 비명과 고함, 야유, 탕-탕-타앙 소리가 터져 나오고, 그의 숨은 거칠고 요란하다, 심장이 쿵쾅거린다, 이윽고 그는 비명을 지르기 시작한다, 아무런 자의식 없는 외침, 아기 같은 순수한 울부짖음, 제니의 말마따나 *어디 가서 마음껏 소리라도 지르면 마음이 풀릴지도 몰라.* 그는 목소리가 갈라질 때까지 고함을 내지른 후 헐떡이며 숨을 고른다, 그다음엔 자신의 작품을 평가하고 다시 시작한다, 부리나케 배낭으로 가서, 괴물 같으면서도 잘생긴 집의 부서져 가는 이 빠진 얼굴을 향해 비명을 내지르며 돌을

던진다, 유리창 깨지는 소리에 맞추어 포효한다, 그가
눈치채지 못한 사이에 오언이 전속력으로 뛰어온다,
108킬로그램의 거구가 잔디밭을 가로질러 쏜살같이
달려들고, 샤이는 공중에 붕 뜬다.

샤이는 잠시 허공을 난다.

잡았다.

그들은 고통스럽게 뒤엉겨 땅에 떨어지고, 오언이 그의
위에 누워 숨을 헐떡인다.

이런, 세상에.

샤이는 몸부림쳐 보지만 소용이 없다. 귀가 쿵쿵쿵 울리고,
머릿속에서는 붉은 열기가 걷잡을 수 없이 고동친다,
꼼짝도 할 수 없다, 샤워한 지 얼마 안 된 오언의 살더미에
완전히 파묻혔다. 샤이는 다시 한번 목이 터져라 거친
포효를 내지르고는, 결국 포기하고서 얼굴을 눈물과 흙,
풀에 묻는다. 등 위에서 오언의 심장이 둔탁하게 쿵쿵
뛰는 게 마치 멀리서 들려오는 킥 드럼 소리 같다.

괜찮아, 오언이 말한다. *이제 됐어. 넌 괜찮아.*

샤이는 고통스럽게 팔을 깔고 엎드린 자세로 장난감
자동차 크기의 작은 부싯돌을 움켜쥐고 있다. 단단하고
날카로운 감촉이 느껴진다. 돌을 꽉 쥔다. 그는 숨을
고르고, 오언이 그의 목덜미에 대고 말한다.

*알았지? 이제 네 몸 위에서 일어날 거야, 알았지? 더
이상 아악 젠장…* 쫘당 소리와 함께 신음이 터지고 오언이
강제로 떨어져 나가면서 샤이는 작고 뜨거운 부싯돌을 꽉
쥔 채 다시 빛에 노출된다, 오언은 베니와 제이미, 그리고
샤이가 누군지 알아볼 수 없는 또 한 아이 밑에 깔려
황소처럼 발버둥질 치며 욕을 한다, 십 대 소년들이 한데
뒤엉켜 오언을 때리고 통나무 같은 거대한 다리를 찍어
누르고 몸 위에 타고 앉아 외친다. *가, 샤이.*

씨발 얼른, 샤이, 베니의 말에 벌떡 일어난 샤이는
잔디밭이 다른 애들로 뒤덮여 있는 걸 본다, 모두 그의
배낭에서 부싯돌을 꺼내 창문을 깬다. 오언은 분노로
얼굴이 벌겋게 달아오른 채 공격자들로부터 가까스로
벗어나고, 아이들은 달아나면서 웃고 껑충거리고 서로를
때린다, 폭력과 놀이, 평소와는 다른 하루의 시작에
활기가 넘치고 신바람이 났다. 집 안에서 여전히 고함이
들리고, 유리창이 깨지는 꽝 쨍그랑 후드득 소리, 부싯돌이
빗나가 납이나 돌에 맞는 둔탁한 소리, 그리고 튕겨 나온

부싯돌에 하마터면 맞을 뻔한 라일리의 비명 야 꺼져!
샤이는 그대로 서서

      지켜본다,

마지막 남은 돌을 쥔 채, 6억 년 된 장난감,

한없이 가볍고 공허하고 텅 빈 기분이다.

샤이!

스티브와 어맨다가 집 모퉁이를 돌아 달려온다. 샤이는 마음속에서 해묵은 지친 감정이 스쳐 가는 걸 느낀다, 말썽이 시작되고, 오래 이어지고, 모든 게 꼬여버린다, 몇 달은 걸려 수습해야 할 말썽, 엄마를 곤경에 빠뜨리고, 경찰까지 엮이고, 또다시 모두가 휘말린 소동극 무대에 서야만 한다, 그런데 스티브는 화난 얼굴이 아니라 겁에 질려 있다. 어맨다는 〈챌린지 애니카〉◆의 애니카처럼 무언가를 찾아 질주한다. 필사적으로. 그들은 주위에서 날뛰는 다른 애들은 거들떠도 보지 않고, 집에도 관심이 없다. 곧장 샤이에게로 달려온다.

    ◆ BBC 텔레비전 리얼리티 쇼.

샤이, 이리 와.
어맨다가 먼저 그에게 다가와 끌어안는다. 스티브도 와서 두 사람을 함께 안는다. 샤이는 그들 사이에 끼어 있다. 그는 땀에 젖은 손바닥에서 따뜻해진 부싯돌을 꼭 쥐고 있다.

난…

쉿, 샤이.

빌어먹을, 이 녀석, 스티브가 말한다.

그들은 그를 꽉 껴안는다.

죄송해요.

어차피 낡아빠진 창문인데 누가 신경 쓰겠어.

죄송해요.

진짜로 하는 말인데, 원한다면 남은 창문까지 다 깨버려도 돼, 샤이.
그들 주위로 모여든 아이들이 호기심에 차서, 멋쩍게

놀려댄다. *작은 남자가 홱 돌아버렸네, 괜찮냐, 좆만아?*

그들은 속옷과 티셔츠 바람으로 추위에 떤다.

오언이 턱에 피를 흘리며 다가와 합류한다.

베니도 쪼리 슬리퍼를 질질 끌고 잔디밭을 가로질러 와 무리에 합류한다.

캘도 다가와 샤이의 어깨에 손을 얹는다.

아무도 말을 하지 않는다.

위험한 젊은이들이 파괴된 라스트 찬스를 등지고 모여 서 있다.

샤이는 다른 사람들에게 둘러싸여

등에 아무 무게도 느끼지 않으며,

눈을 감고,

또 다른 날을 기다린다.

옮긴이의 글

샤이, 그 이름처럼 바깥세상을 외면하고 끝없이 자기 안으로 침잠하는 열여섯 살 소년. 그는 길고 어두운 터널에 갇혀 있다. 사춘기에 접어들면서 따분한 현실을 견딜 수 없어 발작적으로 비행을 저지르고 수치심과 죄책감에 짓눌리는 악순환이 되풀이된다. 영매였던 증조할머니, 우울증을 앓았던 엄마의 유전적 기질이 대물림된 결과일 수도 있지만, 샤이의 기분 장애는 폭력으로 이어지면서 그를 정상적인 삶 밖으로 밀어낸다. 두 번이나 퇴학당하고 소년범으로 체포까지 당하면서 벼랑 끝으로 몰린 샤이는 문제아들을 위한 대안학교에 들어간다. '라스트 찬스Last Chance'라는 의미심장한 이름을 가진 학교. 수백 년 역사를 자랑하는(문화재로 등재된) 시골 저택을 개조해서 만든 이 작은 학교에선 샤이처럼 거칠고 예측 불가능한 비행 청소년들이 무한한 인내심과 관대함, 애정을 지닌 선생님들의 보살핌 하에 '마지막 기회'에 매달려 있다.

이 소설은 샤이가 한밤중에 무거운 배낭을 메고 라스트 찬스를 빠져나와 연못으로 가는 세 시간 남짓한 짧은 여정을 담고 있다. 6억 년 묵은 부싯돌이 잔뜩 든 배낭, 그 부싯돌들은 그가 저지른 온갖 나쁜 짓에 대한 죄책감을 상징하며 소년은 배낭을 멘 채 연못에 빠져 죽을 결심이다. 삶의 가장 큰 기쁨인 드럼 앤 베이스(정글) 음악을 들으며 죽음을 향해 걸어가는 그의 머릿속에서 기억과 꿈, 환상의 파편들이 뒤섞여 난무한다. 빠른 비트와 현란한 드럼 시퀀스로 이루어진 드럼 앤 베이스처럼 샤이의 과거와 현재, 가족, 친구들, 선생님들, 그리고 악몽 속 유령들의 목소리가 질주하며 뒤엉킨다. 맥스 포터는 드럼 앤 베이스 음악의 구조를 소설의 형식으로 끌어와 단선적 서사에서 탈피하여 파편화된 목소리와 이미지들을 빠른 템포로 병치한다. 드럼 앤 베이스가 반복적이면서도 끊임없이 변주되는 리듬으로 몰입을 이끌어내듯 『샤이』 역시 이야기의 조각들을 강렬한 리듬감 속에서 결합해 주인공의 불안정한 내면과 자멸 충동, 그리고 심층의 한 줄기 희망까지 음악적으로 구현한다. 그리하여 독자는 이 소설을 읽는 동시에 듣는 공감각적 독서 체험을 하게 된다.

삶이라는 고통스러운 악몽에서 헤어나기 위해 배낭을 메고 연못으로 걸어 들어간 샤이는 결국 결심을 실행에 옮기지 못하고 라스트 찬스로 돌아간다. 물에 떠 있는 오소리들의 사체가 그를 삶 쪽으로 끌어당긴 것이다. 오소리들은 샤이(정확하게 말하자면, 30년 전에 그 저택에서 살다가 자살한 이브라는 소녀로 빙의한 샤이)에게 더 나은 미래를 예고한다. 어두운 터널에서 좌절하여 스스로 무너지지 않고 힘을 내어 걷는다면 그 터널의 끝에 이르러 환한 빛과 마주하게 될 수도 있다. 라스트 찬스의 스티브 선생님이 해준 말들도 샤이에게 희망이 된다. "너는 지금의 너, 1995년의 샤이로 규정되지 않아. 나중에 그 아이는 기억도 잘 안 날 거야. 2005년의 샤이는 이 시간을 돌아보며 내 말에 동의할 거야. 그때 그는 이렇게 말할 거야. 샤이, 모퉁이만 돌면 내가 있어. 그냥 이 시기만 넘기면 돼. 그러면서, 스티브 말이 맞았다고 할 거야!" 샤이는 언제 다시 이브의 유령에 홀려 스스로 삶을 마감하려는 시도를 하게 될지 모르지만, 어쩐지 우리는 2005년의 샤이가 그 어두운 터널의 시기를 돌아보며 스티브가 옳았다고 수긍하게 되리란 낙관을 품게 된다. 그에겐 라스트 찬스가 있으니까!

민승남

추천의 글

 팬데믹이 한창이던 2021년 서울국제작가축제가 열렸을 때, '회복하는 글쓰기'라는 주제로 맥스 포터와 화상 대담을 했다. 코로나19, 사회적 거리두기, 록다운 등 지금은 아련한 기억 속의 단어들이 일상이던 시절이었다. 우리의 삶이 다시 예전으로 돌아갈 수 있을지 없을지 알 수 없는 상황 속에서 소설을 쓰는 일에 대해 우리는 얘기했다.

 그러다가 어느 순간, 맥스 포터가 "저는 돌이 되고 싶지 않습니다"라고 말했다. 사랑은 죽음과 결부돼 있고, 이를 직시하는 게 중요하다는 말을 할 때였다. 자신은 돌이 아니라 살과 피로 이뤄진 존재이고 싶다고 그는 덧붙였다. 단순히 생각하면 돌은 죽음, 살과 피로 이뤄진 존재는 사랑을 뜻하는 것이리라. 둘 중 하나를 택하라면, 누구나 죽음보다는 사랑을 택할 것이다. 그러나 맥스 포터에게 그건 죽음을 외면한다는 뜻이 아니다. 사랑은 그보다 더 깊은 어떤 것이다.

이 소설에 등장하는 상담 선생님의 어투를 빌려 물어보자.
"이 소설에서 샤이에게는 무슨 일이 일어날까?"
"음, 깊은 밤 전 혼자서 연못까지 내려갔어요. 끔찍하게 무거운 배낭을 메고요. 배낭에 돌이 잔뜩 들었거든요. 가는 데 시간이 얼마나 걸렸는지 모르겠어요. 어쩌면 제 16년 인생 전체가 걸린 것인지도 모르겠어요. 어찌저찌 연못까지 가긴 했는데, 그래서 물에 들어가긴 했는데, 오소리가…… 음, 하지만 돌아왔어요. 집으로."
"그 일에 대해 조금 더 자세히 말해봐. 그때 어떤 기분이 들었어? 무슨 생각이 났어?"
"음……"
"천천히 말해도 돼. 처음부터 생각나는 대로 얘기해 봐."
그러면 샤이는 그날 밤, 연못까지 가는 동안 자기가 들은 것과 본 것을 처음부터 말하기 시작할 것이다. 그게 바로 이 소설의 내용이다.

그날 대담에서 맥스 포터는 회복은 접촉이기를, 눈맞춤이기를 바란다고 말했다. 확실히 그는 소설가이지 의사는 아니었다. 의사였다면 반대로 말했을 것이다. 팬데믹의 시대에 접촉과 눈맞춤은 전염을 뜻했으니까. 접촉과 눈맞춤을 그는 타인의 삶에서 일어나는 급격한 변화, 그 과정에서 발생하는 고통과 슬픔을 자신에게로 끌어들이는 일이라고 설명했다. 그런 타인의 목소리로 가득하기에 이 낯선 소설은 혼란스럽게 다가온다. 이 혼란은 사랑에서 비롯된다.

그날, 화면으로 보이는 그의 뒤에는 책이 빼곡하게 꽂힌 서가가 있었다. 그는 손을 들어 책을 집는 시늉을 하며 "이 작은 책이 타인의 삶을 이해하는 가장 급진적인 공간이 됩니다"라고 말했다. 손에 들고 넘겨가며 읽어야만 하는 물성을 가진 이 작은 책이 당신을 세상 어디로든 데려갈 수 있다. 가장 낯선 곳으로, 한 번도 가보지 못한 곳으로.

그 낯선 곳에 가면 돌들이 말하기 시작할 것이다. 당신이 돌들의 말을 들을 수 있다면, 등이 점점 가벼워지는 것을 느낄 수 있으리라.

김연수

옮긴이 민승남

서울대학교 영어영문학과를 졸업하고 현재 전문 번역가로 활동 중이다. 제15회 유영번역상을 수상했다. 옮긴 책으로 E. M. 포스터의 『인도로 가는 길』, 카렌 블릭센의 『아웃 오브 아프리카』, 유진 오닐의 『밤으로의 긴 여로』, 앤드루 솔로몬의 『한낮의 우울』, 애니 프루의 『시핑 뉴스』, 앤 카슨의 『빨강의 자서전』, 메리 올리버의 『기러기』, 클라리시 리스펙토르의 『별의 시간』, 윌리엄 트레버의 『마지막 이야기들』, 폴 오스터의 『낯선 사람에게 말 걸기』(공역), 시그리드 누네즈의 『그해 봄의 불확실성』 등이 있다.

샤이

초판 1쇄 인쇄 2025년 10월 15일
초판 1쇄 발행 2025년 11월 7일

지은이 맥스 포터
옮긴이 민승남
펴낸이 김선식

부사장 김은영
콘텐츠사업본부장 임보윤
책임기획 박하빈 **책임편집** 박하빈 **디자인** 박영롱 **책임마케터** 최민경
콘텐츠사업2팀장 김보라 **콘텐츠사업2팀** 박하빈, 채윤지, 김영훈, 박영롱
마케팅사업1팀 이고은, 지석배, 최민경, 이현주, 김은지 **홍보1팀** 김민정, 홍수경, 변승주
브랜드사업본부장 정명찬
브랜드홍보팀 오수미, 서가을, 박장미, 박주현 **영상홍보팀** 이수인, 염아라, 이지연, 노경은
저작권팀 성민경, 이슬, 윤제희 **편집관리팀** 조세현, 김호주, 백설희
재무관리팀 하미선, 임혜정, 이슬기, 김주영, 오지수 **인사관리팀** 강미숙, 김혜진, 이정환, 황종원
제작관리팀 이소현, 김소영, 김진경, 유미애, 이지우, 황인우
물류관리팀 김형기, 김선진, 주정훈, 양문현, 채원석, 박재연, 이준희, 문명식

펴낸곳 다산북스 **출판등록** 2005년 12월 23일 제313-2005-00277호
주소 경기도 파주시 회동길 490
대표전화 02-704-1724 **팩스** 02-703-2219 **이메일** dasanbooks@dasanbooks.com
홈페이지 www.dasanbooks.com **블로그** blog.naver.com/dasan_books
종이 신승INC **인쇄** 한영문화사 **제본** 국일문화사 **코팅 및 후가공** 평창피앤지
ISBN 979-11-306-7195-6 (03840)

· 책값은 뒤표지에 있습니다.
· 파본은 구입하신 서점에서 교환해 드립니다.
· 이 책은 저작권법에 의하여 보호를 받는 저작물이므로 무단 전재와 복제를 금합니다.

다산북스(DASANBOOKS)는 책에 관한 독자 여러분의 아이디어와 원고를 기쁜 마음으로 기다리고 있습니다. 출간을 원하는 분은 다산북스 홈페이지 '원고 투고' 항목에 출간 기획서와 원고 샘플 등을 보내주세요. 머뭇거리지 말고 문을 두드리세요.

샤이

이 책에 쏟아진 찬사

맥스 포터의 글쓰기를 정말 사랑한다. 『샤이』를 읽고 내 마음은 산산이 부서졌다. 인생에서 가장 강렬한 예술적 경험이었다. _킬리언 머피

나는 자꾸 『댈러웨이 부인』을 떠올렸다. 전혀 맞지 않는 비교 같지만, 이토록 산산이 흩뿌려진 힘으로, 또 합창 같은 아름다움으로 인물이 활자로부터 솟구쳐 나오는 경험을 어디서 또 했던가? 이 책은 산문 폭탄이다. 짧고도 찬란하다. _서맨사 하비(부커상 수상 작가)

맥스 포터는 내가 세상에서 가장 좋아하는 작가다. 왜냐고? 그는 참신한 구성과 흉내 낼 수 없는 목소리로 세상을 더 낯설고 더 사랑스럽게(혹은 더 낯설기에 더 사랑스럽게) 보여주기 때문이다. 다른 말로 하면, 독자들에게 눈이 번쩍 뜨이는 새로운 시각을 제시한다. _조지 손더스(부커상 수상 작가)

철조망으로 둘러싸인 세계, 멍투성이인 세계 속 분노한 소년 샤이의 폭풍 같고도 벅찬 이야기. 반짝이고, 분노하고, 요동치는 언어로 맥스 포터는 또다시 비길 데 없는 걸작을 써냈다. _마리커 뤼카스 레이네펠트(부커상 인터내셔널 수상 작가)

소설의 주인공인 십 대 소년의 가슴은 분노와 슬픔으로 가득 차 있다. 하지만 맥스 포터는 그의 내면에서 희망과 온유를 끄집어내고 있다. 그냥 아름답다고 말할밖에…. _마리아나 엔리케스(인터내셔널 부커상 최종후보 작가)

『샤이』는 그의 책 중 가장 낯설고, 가장 매혹적이며, 가장 감동적인 작품이다. _이언 랜킨(에드거상, 대거상 수상 작가)